NO KID

écrit sur le ton de la conversation

CORINNE Maier

NO KID

QUARANTE RAISONS DE NE PAS AVOIR D'ENFANT

ESSAI

À Sophie et Sabine.

resister

Une seule solution, la contraception

[annotation: c'est le son/chant du coq. Le coq est le symbole de la France]

En 2006, la France est devenue la championne d'Europe de la fécondité. Le « miracle français » a été claironné sur un ton victorieux : Cocorico. On assiste aujourd'hui en France à une glorification de la maternité que n'aurait pas reniée le maréchal Pétain. C'est le visage actuel du patriotisme : pour affronter une vie de con, mieux vaut être nombreux. *[annotation: → nier (plus fort!)]*

Français, on se moque de vous. On vous fait croire que le bonheur est à portée de vos ventres dans un pays mortellement ennuyeux et moralisateur dont les deux mamelles sont le travail et la famille. La réalité, c'est que plus votre fécondité augmente, moins vous êtes nombreux à vous déclarer heureux. Ouvrez les yeux, vos enfants seront des *baby-loosers*, promis au chômage, aux boulots précaires ou déclassés, à la condition de simple ressource humaine. Ils auront une vie encore moins rigolote que la vôtre, et ce n'est pas peu dire. Non, vos merveilleux bébés n'ont aucun avenir, car chaque enfant né dans un pays développé est un désastre écologique pour la planète tout entière.

Et vous, vous allez trimer vingt ans pour les « élever ». L'éducation des enfants est devenue un sacerdoce, la société exigeant des parents modernes des performances dignes de *Superman* ou de *Superwoman*.

[annotation: at the mercy of]

Toujours disponible, souriant, attentif, pédagogue et responsable, qu'est-ce qu'on ne ferait pas pour assurer le « bonheur » et l'« épanouissement » de ses mômes ? Devenir parent, c'est être prêt à sacrifier tout le reste. Couple, loisirs, vie sexuelle, amis, et réussite sociale si vous êtes une femme.

Tout ça pour ça, franchement, est-ce que ça en vaut la peine ?

Prenez vos précautions. Pas d'enfant, surtout pas, c'est si vite arrivé. Une seule solution, la contraception.

INTRODUCTION

Si j'avais su, j'aurais pas conçu.

Un jour de décembre, je m'apprêtais à fêter mon quarantième anniversaire. J'étais avec une amie au café et, plutôt morose, je « faisais le bilan » après avoir bu quelques verres :

« Je me suis trompée de voie, j'ai commencé ma psychanalyse dix ans trop tard, je m'ennuie dans les dîners en ville au milieu de tous ces gens bien insérés socialement, je n'ai pas su saisir par les cheveux la tignasse du destin (je le sais à présent, il est coiffé en Iroquois…), mes enfants me cassent les pieds…

— Tout de même, me dit mon amie, tu peux tout remettre en question, mais tu ne regrettes pas *sérieusement* d'avoir eu des enfants ?

— Ben si. Si je n'en avais pas, je serais en train de faire le tour du monde avec l'argent que j'ai gagné avec mes bouquins. Au lieu de ça, je suis assignée à résidence chez moi, à servir des repas, obligée de me lever à sept heures du matin tous les jours de la semaine, de faire réciter des leçons stupidissimes et de faire tourner le lave-linge. Tout ça pour des gosses qui me prennent pour leur boniche. Certains jours, je regrette, et j'ose le dire. À l'époque où je les ai eus, j'étais jeune et amoureuse, j'ai dû être manipulée par mes gènes. Si c'était à refaire, franchement, je ne suis pas sûre que je recommencerais. »

Elle était choquée. Il y a des mots qu'une mère de famille ne peut pas prononcer, elle risque de passer pour un monstre. Le discours type est : « Je suis fière de mes enfants, s'il y a une chose que je ne regrette pas, c'est de les avoir faits. »

Le culte de l'enfant

Avoir un enfant, c'est ce qu'il y a de plus beau au monde, un rêve à la portée de toutes les bourses et de tous les ventres. Il est le signe extérieur de réussite du couple, la preuve de l'intégration sociale des parents dans un monde où la plus grande peur est d'être « exclu ». La mode est à l'enfant, et tout *people* doit désormais s'afficher avec un nourrisson sur la hanche ou un bambin niché dans une poussette. Quant aux femmes enceintes, elles posent nues dans les magazines : la grossesse ne se cache plus. Jamais la maternité et la parentalité n'ont été à ce point portées aux nues.

La grande aventure du XXIe siècle est bel et bien l'enfantement. La preuve ? John de Mol, inventeur milliardaire de la « Star Academy » en particulier et de la télé-réalité en général, a eu récemment une nouvelle idée de « concept », filmer une grossesse du début jusqu'à l'accouchement. Tout sera montré, nausées, échographies, tests médicaux, kilos en trop, états d'âme... Un suspense insoutenable et poignant. Plus fort que « The Bachelor », « Koh Lanta » ou « Top Model 2005 » réunis.

Petit flash-back. Au début de l'humanité, l'homme appréciait les copieuses récoltes, les gros seins, les bisons ventrus et les nombreux enfants. Il fallait peupler le monde, chasser et s'imposer contre des voisins belliqueux. D'où le respect religieux qu'inspire la fécondité. Mais avoir des enfants, c'était aussi se soumettre à une fatalité. Puis le désir d'enfant est apparu :

10

[handwritten annotations: interruption volontaire de grossesse → l'avortement]

une idée neuve en Europe. Depuis la pilule et l'IVG, l'enfant est désiré. Il n'est plus la conséquence d'un acte sexuel, mais le produit d'un vouloir maîtrisé par la science. L'imprévu a été banni, vive le programme : le premier enfant à trente ans, quand j'aurai un travail stable ; le second quand je m'achèterai une maison ; le troisième pour diminuer la feuille d'impôt.

Le « désir d'enfant » donne des ailes aux adultes en mal de perspectives (ils sont nombreux). La mission des parents est de se consacrer corps et âme à l'épanouissement de ces petits êtres merveilleux. Totalement sacralisé, l'enfant représente pour beaucoup de niais ou de naïfs le chaînon manquant entre l'humain et l'infini. Ce n'est pas *Demain les chiens*, le roman d'anticipation de Clifford D. Simak, mais *Aujourd'hui les enfants*. Aussi, le nom de Malthus, qui prônait la limitation des naissances dès la fin du XVIIIe siècle, est-il rarement cité de nos jours : les malthusiens, de moins en moins nombreux, sont considérés comme des antipatriotes cyniques, voire comme de dangereux anarchistes.

[handwritten: promoted]

La France, plus nataliste tu meurs !
[handwritten: ⇒ No other country more fecund !]

La France s'est classée pays le plus fécond[1] d'Europe en 2006, avec 830 000 naissances ; un record annoncé par la presse avec un accent triomphal. En quoi les

---

1. En 2006, avec un taux de fécondité légèrement supérieur à deux enfants par femme, la France est devenue, avec l'Irlande, le pays le plus fécond d'Europe. La Belgique est à 1,6 enfant par femme, et nos voisins italiens, allemands, ou espagnols, affichent des taux qui ne dépassent pas 1,4. Quant aux pays de l'Est, ils affrontent une crise profonde de la natalité. Les taux de fécondité aux États-Unis sont plus élevés qu'en Europe, avec 2,1 enfants par femme. Pourquoi ? Ils feraient preuve de davantage d'« optimisme », de patriotisme, et leurs croyances religieuses seraient plus fortes.

journalistes sont-ils concernés ? Les maternités émettraient-elles des actions cotées en Bourse ? Pourquoi est-ce une victoire ? Peut-être parce que c'est tout ce qui reste à la France pour monter sur un podium ? Natalisme et familialisme en gloire, Philippe de Villiers *politicien très droite* aurait-il déjà pris le pouvoir ?

Chez nous, il est « normal » *resiste* de vouloir des enfants. Pourtant, il n'en a pas toujours été ainsi. Les Français ont longtemps rechigné à se reproduire. Depuis le XVIIIe siècle jusqu'aux années soixante-dix, ils se sont montrés assez réfractaires aux joies de la parentalité : la natalité française était faible. Au point que certains s'inquiétaient pour l'avenir de l'identité nationale (qu'on n'appelait pas encore ainsi). Aujourd'hui, ils semblent saisis d'une fièvre étrange. Chacun parle du désir d'enfant comme d'une pulsion vitale surgie du fond des tripes, irrésistible, fiévreuse, inexplicable et totalement légitime. De nombreux parents sont convaincus d'effectuer une mission d'intérêt national, un sacerdoce qui fleure *sentir* bon le sacré et la transcendance : l'enfant est devenu un au-delà de la vie à bricoler soi-même.

Tout le monde rêve d'un enfant. Les couples gays veulent adopter des enfants, et les unions lesbiennes souhaitent porter leur fruit de chair et de cris – même si, pour l'instant, le Code civil ne suit pas, car le droit, amateur de « naturel », considère que la « vraie » filiation doit reposer sur le corps. Mais le droit à l'enfant pointe son nez à l'horizon, de même que le droit opposable au logement, le droit au bonheur, le droit à la santé, le droit à la minceur. À quand le droit à l'enfance, qui permettra de ne plus quitter le territoire de l'émerveillement ?

En France, quand vous vous mariez, vos collègues de bureau ne manquent pas de vous demander : « Alors, ça y est ? Vous mettez en route ? » Certaines femmes, paraît-il, se sont inventé un enfant au bureau pour qu'on les laisse tranquilles, tant il y a peu de dissidentes. Car c'est chez nous que le diktat de la maternité est le plus fort, encouragé par une politique familiale vigoureuse (allocations, crèches, écoles maternelles, etc.). Parmi les femmes sortant actuellement de l'âge fécond, seule une Française sur dix est restée sans enfant ; en Italie et en Espagne, les femmes sans enfant sont 14 %, en Grande-Bretagne 20 %, en Allemagne 30 % (45 % lorsqu'elles sont diplômées de l'enseignement supérieur). De plus en plus, la France est considérée comme un exemple par d'autres pays d'Europe, puisque l'Allemagne vient d'instaurer un congé parental rémunéré d'une durée d'un an. Européens, tous à vos berceaux, on ne veut voir qu'une seule tête, celle de vos bébés.

*

Le Service obligatoire de la tétine — teat

Le problème, c'est que dans l'histoire de l'oppression des peuples (qui se confond avec l'Histoire tout court), la famille avec enfant(s) est un impératif catégorique qui a souvent été de pair avec le travail. Il suffit de penser au « Travail, Famille, Patrie » du sinistre maréchal Pétain. « Au boulot, et reproduisez-vous, pendant ce temps-là, vous ne songez pas à mal faire, et moi je m'occupe de faire régner l'ordre », telle est l'injonction non écrite de tout dictateur. L'État a intérêt à ce que vous enfantiez : n'est-ce pas suspect ? N'est-ce pas une bonne raison pour se poser des questions sur ce « devoir civique » de contribution au renouvellement des générations ? Il s'agit là, clairement, d'une obsession démographique visant à préserver une supposée vision du monde.

Car l'argument rebattu « L'Europe vieillit, le renouvellement des générations n'est pas assuré » ne tient

enfanter = to give birth to

pas une seconde. Faisons venir des immigrés pour, d'une part, occuper les postes dont les jeunes ne veulent pas (maçon, serveur, infirmière), et, d'autre part, financer les retraites. Les volontaires ne manquent pas, il suffit d'ouvrir les portes. Et qu'on ne vienne pas nous expliquer doctement que les enfants d'aujourd'hui sont la « croissance » de demain : quelle croissance ? Pour quoi faire ? La seule croissance économique est-elle un objectif digne d'une société qui se veut démocratique ? N'a-t-on pas d'autres rêves que d'acheter des téléviseurs, des lave-linge, des téléphones portables, et ce, pour créer des emplois dont la stupidité totale ne fait honneur à personne, ni à ceux qui les proposent ni à ceux qui les acceptent ? Les discours ultra-rebattus des économistes (souvent des messieurs d'âge mûr, bavards et prétentieux) sur ce sujet me font rire. L'économie, qui se prétend un métadiscours sur une réalité bien difficile à attraper à l'épuisette, ne m'a jamais impressionnée. D'autant que je me suis moi-même autoproclamée économiste pendant des années, alors je connais toutes les ficelles du non-métier.

Heureusement, il y a des objecteurs de conscience de la fécondité. Je veux parler de celles et ceux qui ne veulent pas d'enfants. Ils sont discrets, pour des raisons évidentes de prudence. Les femmes ont le droit de repousser l'âge de la maternité, mais renoncer, pas question ; les hommes, depuis peu, s'entendent dire qu'ils ont raté leur vie quand ils n'ont pas d'enfant. La tolérance à l'égard des formes variées de vie privée croît, mais expliquer sereinement qu'on ne veut pas enfanter suscite la réprobation. Ceux qui ont ce courage sont considérés comme des déviants par leur entourage, tant la famille est considérée comme une valeur universelle. En France, être « sans enfant » est une tare ; jugés en permanence, ceux qui ont osé ne

14

pas en vouloir suscitent la commisération : « La pauvre, elle n'a pas dû pouvoir », « Il a gâché sa vie ». Ces « égoïstes », « immatures », « pessimistes », « instables », sont écrasés d'impôts par un système fiscal injuste qui favorise les familles, et maintenus en marge d'un monde où tout est fait pour le modèle dominant. Certains ont d'autres ambitions ? Tout le monde le leur dira, elles pèsent peu à côté des « joies » de l'engendrement, de « l'accomplissement de soi » que promet l'enfantement. *childbirth*

C'est de l'étranger que s'organise une contre-offensive salutaire. Aux États-Unis, au Canada, en Australie, en Angleterre, des associations de « non-parents » se sont créées au milieu des années quatre-vingt. Devenues de véritables groupes de pression, ces associations ont imposé l'usage du mot *childfree* (libre d'enfant) plutôt que *childless* (sans enfant). Ne pas avoir d'enfant est un choix, pas un handicap. Leurs adhérents ne souffrent d'aucun manque, ils sont très heureux, merci. Et puis, certaines de ces associations disent tout haut ce que beaucoup pensent tout bas : les enfants sont une nuisance épouvantable. À leur sujet, l'acteur Hugh Grant déclare posément : « Je ne supporte ni le désordre ni la laideur. » On imagine mal en France Christian Clavier ou Jean Dujardin faire ce type de déclaration… En Floride, il existe des *childfree* zones, des résidences dont l'entrée est interdite aux moins de treize ans et qui sont destinées à des trentenaires ne pouvant supporter les inconvénients liés aux enfants. Aux États-Unis, et depuis peu en Écosse, des villages sans enfants destinés aux retraités voient le jour : la demande est forte. Le « concept », semble-t-il, plaît. Pour l'instant, il n'est pas arrivé jusqu'en France. Ses promoteurs ont trop peur d'être accueillis à coups de pierres.

Démoraliser les parents potentiels

Ce petit livre a pour projet de démoraliser (au sens de faire perdre la morale) les parents en puissance, ceux qui se demandent si ça vaut la peine d'avoir des enfants. Naturellement, ils ne peuvent confier leurs doutes à personne : cela ne se fait pas de s'interroger, car *avoir des enfants, c'est bien*. Pourtant, il existe une multitude de raisons pour décider de ne pas en avoir, et des raisons plus raisonnables que celles qu'on nous sert habituellement pour choisir d'en faire. Il y en a au moins quarante, qui sont détaillées plus loin.

Assez de discours mièvres sur le bonheur du métier de parent. Devant tant d'enthousiasme et de bons sentiments obligatoires, dire « beurk » à *nurseryland* est urgent et nécessaire. Et je sais de quoi je parle, des enfants, j'en ai ; il y a des choses dont seule une mère de famille peut parler, à condition d'avoir le courage de faire son *coming out*. Si je signais ce livre sans avoir eu d'enfants, tout le monde me soupçonnerait d'être une vieille fille aigrie et envieuse. Là, on va peut-être m'accuser d'être une mère indigne. J'assume. Après avoir trahi mon entreprise dans *Bonjour paresse*, je dénonce ici une image d'Épinal de la famille qui n'existe que dans les magazines. J'en profite pour me moquer d'une certaine France nataliste et autosatisfaite, dont l'unique horizon est le travail et la reproduction. Voilà bien le signe d'un retour en arrière consternant : quoi de plus déprimant qu'un pays arc-bouté à reproduire le même, quand le même est morne et plan-plan ?

QUARANTE RAISONS
DE NE PAS AVOIR D'ENFANT

≃ idéealizé (e)

1

Le « désir d'enfant », une aspiration tarte

consummate (duh!)

Vouloir à tout prix se reproduire est un souhait d'une banalité consommée. Mais il faut croire que faire comme tout le monde et imiter son voisin sécurise. Être « inclus » dans la société, aujourd'hui, c'est avoir un emploi et/ou faire un enfant. Engagez-vous, rengagez-vous. Pour être dans le coup, ceux qui ne parviennent pas à avoir d'enfant font preuve d'un acharnement procréatif qui défie l'entendement. Ces obnubilés de la reproduction affrontent le parcours du combattant des traitements contre la stérilité. Avec la complicité de médecins un peu désarmés, comme tout le monde, face à la science qui cavale. ≃ courir

Le « désir d'enfant » est tel que l'enfant est devenu un *business* rentable et en forte croissance. Ovules, sperme et bébés sont vendus chaque jour dans le monde, et les utérus se louent pour neuf mois. Les cliniques spécialisées fleurissent partout sur la planète ; les prix varient en fonction de la « cote » du produit : les bébés blancs coûtent plus cher que les bébés noirs ; aux États-Unis, les ovules d'une étudiante de Colombia valent moins que ceux d'une étudiante à Harvard. Ce « bébé *business* » est moins développé en Europe

19

ériger = to erect/set up/establish

et, officiellement, il n'existe pas en France : l'État, érigé en gardien du « bien » et de l'éthique, veille.

L'enfant pour tous et à tout prix entraîne une floraison de discours plan-plan et caricaturaux. Choisis ton camp, camarade, le pire n'est jamais sûr mais la bêtise, oui. À ma gauche, le fabuleux « droit à l'enfant ». Une revendication sacrée : on s'attend presque à la voir inscrite dans le préambule de la Constitution. L'enfant est quelque chose de tellement indispensable ou de tellement merveilleux que tout le monde doit y avoir « droit ». À quand le « droit opposable » à l'enfant ? Opposable à qui, nul ne sait, mais les plus quérulents vont forcément trouver. Moi qui n'ai plus de parents, ceux-ci étant décédés, vais-je exiger un droit aux parents ? Et faire une grève de la faim pour que justice me soit faite et qu'on m'alloue… de nouveaux parents, faute de pouvoir faire revivre les vrais, du moins tant que la science n'est pas capable de ressusciter les morts. Revenons à nos moutons, l'enfant n'est ni un droit ni une nécessité. Il est juste… une possibilité.

À ma droite, on n'est pas mieux servi. L'enfant justifie en France des discours d'une ringardise désolante. Une famille qui assure le bonheur des enfants, c'est papa et maman, point. Accepter que deux personnes du même sexe adoptent et élèvent un enfant, vous n'y pensez pas, il y va de l'avenir de nos chères têtes blondes. Par le biais du discours d'opposition à l'homoparentalité, c'est bien évidemment un rappel à l'ordre général destiné à tous les « hors norme » qui s'effectue. Un rappel à l'ordre dont les acteurs sont divers : les psys qui donnent leur avis sur tout et n'importe quoi au nom de l'œdipe, les anthropologues qui en savent long sur l'Homme. Les politiques sont les premiers à se servir de l'enfant pour normaliser la population (pas de procréation médicalement assistée pour les femmes seules, pas d'accès aux méthodes de

20

fécondation avec reconnaissance de la parentalité pour les couples homosexuels, alors que tout cela est possible dans beaucoup d'autres pays européens). Bref, comme le chantait Patrick Bruel, *Qui a le droit ?* Qu'est-ce que le droit à l'enfant, et qui a le droit de nous dire ce que nous avons à faire ?

dowdiness, tackiness
distressing

2

L'accouchement, une torture

Les joies de l'accouchement sont une intox totale. Sauf pour certaines femmes, dont le corps, probablement, est profilé sur le modèle du tube, l'accouchement fait mal. Très mal, même. Certes, les secours de <u>la péridurale</u> (anesthésie locale) sont d'une grande aide, mais même comme ça, accoucher est loin d'être une partie de plaisir. Personnellement, accoucher est ce que j'ai vécu de plus douloureux, de toute mon existence, il est vrai assez protégée. Les femmes qui disent « L'accouchement a été le plus beau moment de ma vie » me sont suspectes : depuis que j'ai accouché, je sais qu'elles mentent. Certaines, plus prudemment, déclarent : « Je ne me souviens de rien », ce qui signifie souvent « Je ne veux pas en parler ».

La réalité, c'est qu'accoucher dure des heures, parfois une journée entière ; qu'on est immobilisée comme un gros scarabée avec un tuyau planté dans le dos ; que les contractions donnent l'impression que le ventre va éclater de l'intérieur… Un accouchement, c'est de la douleur, du sang et de la fatigue (et du caca aussi, paraît-il, mais ça, c'est un cadeau pour la sage-femme ou le médecin). Vous avez vu la scène du film *Alien*, où un monstre sort du corps d'un des personnages en lui déchirant le ventre ? Savez-vous pourquoi cette scène est ultra-connue ? Parce qu'elle est proche de la réalité d'une mise au monde, pardi.

Mais le pire commence après l'accouchement. Le sentiment d'épuisement. Les plis sur un ventre qui ne sera jamais plus celui d'une jeune fille. Le face-à-face avec un brouillon d'être humain dont on va être responsable pendant d'interminables années. Michel Houellebecq évoque, dans *La Possibilité d'une île*, le « dégoût légitime qui saisit tout homme normalement constitué à la vue d'un bébé ». En effet, un nourrisson qui vient de naître est laid à faire peur : face rougeaude et bouffie, traits inexistants, regard voilé d'une taie bleuâtre, tout en lui devrait nous inspirer la répulsion. Les jeunes parents, de plus en plus nombreux à orner leurs faire-part de naissance de photos de leurs rejetons, n'ont pas l'air de s'apercevoir qu'ils sont les seuls (avec leurs propres parents) auxquels ce type de clichés fait plaisir.

La société pourtant adule les bébés, et il convient d'être en adoration devant toute larve humaine de quelques jours. Faire semblant me fatigue de plus en plus, et lorsque j'ai avoué à ma cousine qui venait d'accoucher que je ne m'intéressais pas aux nourrissons, elle a pris un air vexé devant ce crime de lèse-bébé. Les bébés, assez. À la télé, dans les publicités, on en voit partout – mais, comme par hasard, pas des nouveau-nés, des présentables déjà âgés de quelques mois. Or, plus le bébé s'exhibe, plus le vieillissement, la mort, sont cachés et suscitent l'effroi. Y a-t-il un lien de cause à effet ? L'infantomanie et la gérontophobie se donnent-elles la main ? Probablement. Vive la jeunesse, à bas la vieillesse et surtout la mort, qui ne signifient plus rien pour nous. Pourtant au XIXe, les

amateurs de (gisants) étaient à la fête : on adorait pein-
dre, sculpter, et photographier les morts. Aujourd'hui,
il n'y a que les morts célèbres qui nous intéressent,
surtout François Mitterrand, probablement parce
qu'on l'avait surnommé « Dieu »...

from 'gésir' yes!

— léser —to damage, to wrong, to injure
    // English 'lesions'

OGM = un Organisme génétiquement Modifié = GMO [EN]

appâter - to lure/entice/bait

3

Évitez de devenir un biberon ambulant

Les professionnels de l'enfance nous le serinent : allaiter au sein, c'est bien. *Breast is best*, comme disent les Britanniques. Comme au temps des cavernes, de la vie naturelle, au grand air, sans pesticides ni OGM. Si dans les années 60-70 l'allaitement était un peu passé de mode, il est revenu en force ces dernières années. On ne compte plus les articles qui vantent les bienfaits du sein nourricier. Le bébé sera « moins malade », aura « moins d'allergies », et puis « rien ne remplace la fusion avec l'enfant ». En France, 60 % des femmes qui sortent de la maternité allaitent – pas plus de quelques semaines, il est vrai. L'objectif des pouvoirs publics français est d'atteindre 70 % de femmes nourricières en 2010.

Comme expliquer ne suffit pas pour convaincre les récalcitrantes, considérées comme « sous-informées », on les appâte avec le porte-monnaie. En 2003, la Caisse primaire d'assurance-maladie du Morbihan a décidé de donner une « prime à l'allaitement » pour un allaitement minimum d'une semaine. À quand les réductions d'impôt pour tout allaitement au sein ? Et, pourquoi pas, une prime pour tout refus de péridurale, l'accouchement sans anesthésie étant « plus

naturel », et probablement « meilleur » pour l'enfant ?
Quand j'ai expliqué à la maternité qu'il n'était pas
question que je donne le sein, la puéricultrice m'a
regardée d'un air réprobateur et m'a dit que ce n'était
pas bien ; un mois après, le gynéco m'a accusée de
« refuser le lien » avec l'enfant. L'étau se resserre sur
les femmes indignes qui biberonnent : demain, on les
montrera du doigt. └ shameful, unworthy ┘

Car nourrir un enfant au biberon, c'est être coupable. C'est un crime contre le naturel. Des études
montrent que ce sont les femmes sans diplômes et
ne vivant pas en ville qui sont les plus réfractaires à
l'allaitement au sein : du « naturel », elles en bouffent
toute la journée, alors vous pensez... Mais de quel
« naturel » nous parle-t-on, au fait ? Notre nourriture, nos vêtements, le téléphone portable, l'avion, le
bronzage aux UV, sont-ils naturels ? Allons donc !
Nous sommes bombardés de produits chimiques et,
quand j'entends le mot « naturel », je me marre. De
plus, en admettant que l'allaitement au sein soit
« meilleur » pour l'enfant, s'agit-il de fabriquer des
centenaires ? L'espérance de vie n'a jamais été aussi
élevée, faudra-t-il demain vivre plus vieux encore ?
Je me souviens de l'état de décrépitude totale dans
lequel se trouvait mon père à l'âge de quatre-vingt-
dix ans, je ne suis pas sûre d'avoir envie de vivre aussi
longtemps. Du reste, je n'envisage pas d'arrêter de
fumer, c'est tout dire.

Nourrir au sein, c'est l'esclavage. D'abord, c'est douloureux. Et puis, avez-vous déjà vu la poitrine d'une
femme qui allaite ? Ce n'est pas très ragoûtant. Des
seins abîmés par les crevasses, du lait qui coulotte sur
le téton, beurk beurk. En plus, la mère est tenue à une
disponibilité totale à l'égard du nourrisson auquel elle
est sans cesse rivée. Taillable et corvéable à merci, elle
n'a même pas droit à une petite bière ou à un apéro,

car interdiction d'absorber de l'alcool, ça passe dans le lait… J'ai demandé à une amie pourquoi diable elle allaitait, elle m'a répondu d'un ton réprobateur et sec : « C'est un choix personnel. » Pas du tout, de plus en plus, c'est une obligation collective.

une puéricultrice
un étau = a vice (ie clamp)
l'étau se resserre [sur] = the noose is tightening
se marrer = to laugh
du reste = besides, moreover
ragoûtant(e) = appetising, savoury
couletter =
rivé(e) à = riveted to
taillable → trimmed, pruned, cut down
corvéable = adj. de ↴
une corvée = a charge, a duty

4

Continuez à vous amuser

Avoir des enfants est un engagement inconditionnel et irrévocable. Décider d'en faire est donc la décision la plus éprouvante pour les nerfs, de toute une existence. En prendre conscience suscite un grand choc : la dépression *post-partum* et les crises maritales post-accouchement sont des maladies particulièrement modernes, conséquences du deuil de votre vie d'avant que vous devez effectuer. Dorénavant, les activités libres et improvisées auxquelles vous devrez renoncer se multiplient. Vous allez vivre dans le temps de l'autre, celui de l'enfant, découpé en tranches rigides par les disponibilités de la nounou, l'ouverture de la crèche et le calendrier scolaire. Voici certaines des choses qui deviennent rares quand on est chargé (et lesté) d'enfant.

— Dormir une nuit complète (peu fréquent pendant les premiers mois).

— Faire la grasse matinée (difficile jusqu'à l'âge de huit ans, car la « puce » vient vous sauter sur le ventre dès potron-minet).

— Décider d'aller au cinéma au dernier moment.

— Sortir au-delà de minuit, car il faut libérer la baby-sitter ; ceux qui dépassent les minuits sont condamnés à la raccompagner en voiture ou à lui payer le taxi.

— Visiter un musée ou une exposition, car les enfants se mettent à hurler au bout de cinq minutes.

— Voyager ailleurs que vers des destinations stupides où il y a la mer, la plage, un club enfants.

— Partir en dehors des vacances scolaires (cela concerne tous ceux qui ont des enfants de cinq à dix-huit ans).

— Picoler avant l'heure du dernier biberon, car porter un enfant dans son lit alors qu'on est ivre mort, ça ne se fait pas.

— Fumer devant vos enfants, car c'est aujourd'hui un crime contre l'humanité.

picoler* = to booze, to knock it back (alcool) (m), to hit the bottle

5
Métro, boulot, marmots, non merci !

childminder, nanny

La vie avec enfants est une vie banalisée : vous vous levez tous les jours à la même heure pour les accompagner à la crèche, chez la nourrice ou à l'école, puis vous allez travailler, ensuite vous revenez le soir chez vous, enfin vous vous occupez du bain, des devoirs, de préparer à manger, vous couchez les enfants. Et c'est comme ça tous les jours[1].

avoir un fil à la patte *
= to be tied down

Les prisonniers sont remis en liberté avec un bracelet de sécurité qui permet de suivre chacun de leurs déplacements : vous, vous n'en avez pas besoin. Votre enfant est votre fil à la patte. Votre « traçabilité » est assurée. Dans l'ex-Union soviétique, le régime laissait voyager certains privilégiés à l'Ouest, mais leurs enfants restaient en sûreté derrière le rideau de fer ; un bon moyen pour éviter les défections. Cherchez l'enfant, vous trouverez le parent. En France, la police vous recherche ? Grâce à votre enfant, elle va vous retrouver sans aucune difficulté. À Belleville, quartier populaire de Paris, des sans-papiers se sont faits arrêter à la sortie des écoles au moment où ils venaient

une ancre / un point d'ancrage

---

1. Éliette Abécassis, dans son roman *Un heureux événement*, décrit l'enfer de la maternité : les nuits blanches, la liberté enfuie, la tyrannie du quotidien, l'assignation à résidence.

traceability (duh!)

33

chercher leurs enfants. Douce France, paradis de l'enfance…

Il y a des maris qui disparaissent après être sortis sous prétexte d'aller chercher des cigarettes, il y a des prisonniers qui faussent compagnie à leur gardien, il y a des vieux qui prennent la poudre d'escampette de leur maison de retraite, mais des parents qui prennent le large ensemble sans crier gare, c'est rare. Bonne idée de film, mais je ne suis pas sûre qu'un scénario sur ce sujet obtiendrait des subsides du Centre national du cinéma[1].

À cause de cette présence obligatoire, avoir des enfants est épuisant. Du temps où j'occupais un poste à plein-temps et où mes enfants étaient petits, j'avais calculé que je travaillais soixante-dix heures par semaine. Quarante heures au bureau, plus trente heures à m'occuper des enfants. Trois heures tous les soirs à pouponner, et ce, cinq jours par semaine, plus sept heures le samedi et la même chose le dimanche, ça fait beaucoup. Heureusement qu'au travail, je m'économisais, sinon je n'aurais pas tenu le rythme.

Depuis quelques années, les parents débordés ont trouvé une solution : la garde alternée. L'enfant passe une semaine chez le père, puis une semaine chez la mère. C'est une sorte de mi-temps familial. D'accord, cela exige que le couple se sépare préalablement, mais c'est un détail par rapport à ce à quoi on échappe : l'enfer des tâches domestiques sans fin toutes plus aliénantes les unes que les autres. Et puis, l'égalité, ça se paye ; le partage égalitaire des tâches ne s'accomplit réellement que si le couple se sépare.

---

1. Et encore moins de la Communauté européenne. Cette dernière apprécie, je cite de mémoire, les projets « à portée humaniste et donnant une image positive de l'humanité ». On croit rêver : Pasolini ou Fassbinder n'auraient jamais eu un centime. Il est vrai qu'ils ne faisaient pas de films pour les jeunes.

34

Le naïf va me dire : « Oui, mais s'occuper des enfants n'est pas un travail. » Eh bien si : élever des enfants, c'est respecter des horaires, assumer des corvées ; c'est de la sueur, des larmes et des ennuis garantis. D'ailleurs, en Autriche, les femmes peuvent désormais comptabiliser le temps consacré aux enfants dans le décompte des années de retraite. Si s'occuper d'enfants était agréable et gratifiant, certains le feraient gratuitement, or ce n'est pas le cas. Personne ne veut s'occuper de vos enfants sans contrepartie financière (sauf vos propres parents, qui vous le font payer autrement : on en reparle plus loin) : la puéricultrice, l'institutrice, la baby-sitter sont rémunérées. Assez mal, tous les métiers liés à l'enfance étant dévalorisés – les « professionnels de l'enfance » se trouvent toujours moins bien payés que ceux qui s'occupent d'adultes. Les psychologues pour enfants ne sont-ils pas moins considérés que les psys pour adultes, et les instituteurs moins que les profs de fac ? Et pourquoi ? Parce qu'ils assument une tâche pénible et ingrate. L'enfant, triste tropique.

nursery nurse
ou
paediatric nurse

— first, beforehand

⊠ ≅ trist zone
un tropique = a tropic ou
a zone
une zone

une dulcinée = a lady-love

X heures d'affilée = X hours at a stretch (ou) solid

soûler = to make drunk

ébloui (e) from éblouir = to dazzle

entrailles /NFPL/ entrails, guts;
　　　　　　　(≅ ventre maternel) womb

lasser [VT] = to weary, to tire

mièvre = soppy, pretty-pretty, mawkish, rapid

une lunette arrière = a rear window

pieux, pieuse = pious, devout, dutiful

un gri-gri = a charm
un grigri
(pl. gris-gris)

6

Gardez vos amis

C'est bien connu, l'amour rend bête. L'amoureux qui parle de sa dulcinée pendant deux heures d'affilée, en énumérant ses qualités et citant ses bons mots, saoule tout le monde. Il en est de même du parent ébloui, admiratif devant le produit de ses entrailles, qui lasse son entourage par un excès de dévotion parentale. Oui, celui-là même dont Courteline disait : « Un des plus clairs effets de la présence d'un enfant dans un ménage est de rendre complètement idiots de braves parents qui, sans lui, n'eussent peut-être été que de simples imbéciles. »

Le désastre commence au stade du faire-part de naissance : ce n'est plus Évelyne et Jacques qui font part de la venue au monde d'Antoine, mais Antoine qui fait savoir qu'il est arrivé chez Évelyne et Jacques. Le parent émerveillé fait circuler sur Internet des photos de famille mièvres, montre à qui veut (et qui ne veut pas) des films vidéo de son enfant prenant le bain ou déballant des cadeaux de Noël. Il circule avec un badge « bébé à bord » sur la lunette arrière de son auto : une sorte d'image pieuse des temps modernes, aussi utile qu'un gri-gri magique pour conjurer le mauvais sort. Il prend au mot toute personne qui lui demande poliment « Comment va le petit ? », comme on dirait « bonjour », sans attendre forcément de réponse. Car le parent gaga se sent obligé de tenir la terre entière au courant des progrès fulgurants de sa progéniture (« Oscar va sur le pot », « Alice fait ses nuits », « Noé a dessiné un bonhomme de neige incroyablement ressemblant », « Hier, Ulysse a dit Papa caca », « Malo passe en CM2 »).

Rien de plus limité que la conversation du parent sidéré parce qu'il a réussi à créer un être humain. Aussi, lorsque l'enfant paraît, les amis disparaissent. Il est vrai que c'est très vite le petit chéri qui répond au téléphone, ce qui fait qu'on a du mal à parler à ses parents : Jules (à moins que ce ne soit sa sœur Mélissa) organise un filtrage ultra-efficace de tous les appels qui ne le concernent pas en raccrochant dès qu'il entend une voix d'adulte inconnue. Il y a une scène très drôle là-dessus dans *Journal intime*, de Nanni Moretti : écœuré, le héros du film finit par renoncer à parler à ses copains. Autre type d'obstacle décourageant, la voix enfantine qui ânonne sur le répondeur de ses parents que ceux-ci ne sont pas là ; cela signifie à l'ami *childfree* mon enfant compte à mes yeux davantage que le reste du monde.

De plus, il n'y a guère de dialogue possible entre le nouveau parent et la personne sans enfant, même si une commune commisération devrait les rapprocher. Le *childfree* porte un regard attristé sur la vie sans attrait du parent (« Le pauvre, entre les cris et les couches, il n'a plus une minute à lui »), tandis que le parent s'afflige de la « solitude » du second (« Le pauvre, à son âge ne pas avoir d'enfant, quelle tristesse »). Le malentendu est total, chaque camp considérant que l'autre passe à côté des bonnes choses de la vie. À ma gauche, les sorties improvisées, les week-ends en amoureux, les grasses matinées et les virées entre

38

copains ; à ma droite, la varicelle d'Oscar, les cours de violoncelle de Léo, la baby-sitter qui ne vient pas, la crèche en grève, les devoirs de Maxence. Le match est-il vraiment équilibré ? Au lecteur d'arbitrer.

Avez-vous déjà rendu visite à des nouveaux parents accablés de jeunes enfants ? C'est effarant. Quand on arrive, vers vingt heures, les enfants ne sont évidemment pas couchés et sautent partout en criant. Pas moyen d'avoir une conversation tranquille entre amis, car leurs Gremlins vont et viennent en hurlant, font toutes les bêtises de la terre pour attirer l'attention, jettent des jouets sur les amuse-gueules. Tandis que les parents tentent de les calmer par de longues explications qui ne convainquent personne – « Ma puce, il est vingt-deux heures et il est bon pour toi d'aller te coucher car le sommeil est réparateur » –, les invités se doivent de faire bonne figure et de ne pas montrer leur exaspération. Au bout d'une heure de charivari, l'invité se contient pour ne pas dire « Soit ils se calment, soit je me casse ». Ensuite vient la cérémonie du coucher, compter une bonne heure avant que les monstres veuillent bien s'endormir. Les parents se sentent contraints de faire comprendre à l'enfant qu'il est aimé, même s'ils le lui ont déjà dit pendant la journée. Pendant ce temps, l'invité ronge son frein et se demande pourquoi diable il n'a pas plutôt opté pour une sortie au cinéma… Quand enfin la soirée s'achève, il pousse un ouf de soulagement et allume (enfin) une cigarette dans la rue pour se détendre : il n'a bien sûr pas pu fumer de la soirée, c'est très mauvais pour les enfants.

Imaginons que l'invité qui vient de partir fumasse accepte de se joindre à un week-end en famille. C'est là que les choses deviennent franchement insupportables. Beuglements à table, cris la nuit, parents exaspérés, respect religieux des heures de la sieste, le week-end

39

est gâché. Mais le pire, c'est que l'invité passe toujours en second par rapport aux enfants. Son bien-être, on le lui fait comprendre, on s'en fiche un peu. Aussi, il va supporter une multitude de brimades et de désagréments, porte de la chambre de bébé ouverte la nuit sous prétexte que le cher petit étouffe à cause de la chaleur, impossibilité de faire ceci ou cela car ça « énerve les enfants », etc. Un jour, quand leurs enfants auront grandi, le couple que nous décrivons ici (toute ressemblance avec des personnes existant n'est pas de pure fiction) se retrouvera seul et sans amis, dans un pavillon en banlieue, comptant ses points de retraite. On en frémit, est-ce ainsi que les hommes (et les femmes) vivent... quand ils ont des enfants ?

trembler

Assieds-toi

à bon escient = advisedly

à mauvais escient = ill-advisedy
≃ mal utilisé

« Assis-toi »

versus
Assieds-toi

☒ ≃ rendre stupide/ bête/ idiot

7

N'apprenez pas la langue idiote
qui permet de s'adresser aux enfants

Pour parler aux enfants, il existe une langue spéciale. Avez-vous vraiment envie de l'apprendre ? Je vous en explique les rudiments. Cet idiome a banni l'impératif, remplacé par l'indicatif. On ne dit pas « Camille, dis au revoir et va te coucher », mais « Camille, tu dis au revoir et tu montes te coucher ». Le plus utilisé est « Tu te calmes », ou encore « On se calme », répété comme un mantra, et qui reste généralement lettre morte. Quand l'impératif est mis à contribution, c'est parfois à mauvais escient : « Assis-toi » (au lieu d'assieds-toi) est devenu une sorte de refrain. Généralement, on parle à l'enfant au présent, c'est plus simple, et le futur s'efface lentement : « Papa vient tout à l'heure », « Demain, tu fais tes devoirs ». Quant au passé, il n'a qu'une seule forme, celle du passé composé : « Tu as rangé ta chambre, Mélusine ? » Avec les enfants, la langue ressemble à une rengaine à deux temps.

On ne bêtifie plus, les phrases du genre « le petit mignon, il a les petons et les mimines froids » sont bannies. C'est mièvre. Et puis, cela nuit au développement de l'enfant, qui doit entrer de plain-pied dans la

ERREUR dans le text.

vraie langue, celle des grands. Pour cela, il faut lui parler. De tout et de n'importe quoi. Rien n'est plus ridicule que ces mères de famille qui tiennent de grands discours à des marmousets de deux semaines qui n'en peuvent mais. « Maman-va-te-changer-ta-couche-Kevin, tu as fais-un-gros-caca, maman-va-changer-la-couche-et-puis-on-va-aller-voir-mamie, tu-sais-mamie-qui-habite-dans-la-grande-maison, la-maison-près-de-la-gare… » Parfois, cela dure des heures. Certaines pratiquent ce genre de bavassage ridicule en public, il faut quand même en tenir une couche, c'est le cas de le dire… *drivel* / *charabia*

Plus tard, quand les enfants grandissent un peu, attendez-vous à des parents qui prononcent des phrases doucereuses du genre : « Cassandre, si tu brûles les poils du chat, il va mourir, et tu ne veux pas qu'il meure, n'est-ce pas ? » face à un gamin odieux occupé tout simplement à torturer le chat des voisins – lequel, heureusement, sait se défendre. Surtout pas de gifles ou d'éclats de voix : c'est par la persuasion qu'il faut agir, « Il faut lui expliquer ». De préférence en mettant un genou à terre, pour se mettre à la hauteur de l'enfant, sinon il pourrait se sentir infériorisé. Des parents bien intentionnés s'efforcent d'inventer des formes d'autorité qui n'existaient pas quand ils étaient petits, visant à convaincre plus qu'à être obéis. Curieusement, les choses se passent de la même façon en entreprise, où l'autorité est remplacée par le dialogue, et le dialogue par la communication. *fait la même chose*

L'enfant rend à l'adulte la monnaie de sa pièce en le prenant pour un idiot, et en lui parlant une langue à l'avenant. La conversation des enfants fourmille de questions sans intérêt, par exemple : « À la piscine, quand tu te décontractes, t'arrives à te faire couler sans que tu bouges ? » ou « T'aimerais qu'on t'injecte dans le cœur un produit méga-douloureux qui te transforme

42

à l'avenant = in keeping with ≃ qui convien

en arbre ? » Il m'a fallu des années pour avouer aux miens que je n'avais pas envie de répondre ; en effet, l'époque s'y oppose. On ne peut plus dire à un enfant : « Tais-toi, je réfléchis à des choses importantes. » Alors, c'est simple, on n'écoute pas : les miens me croient distraite. À juste titre : bien souvent quand ils me parlent, il m'arrive de penser à des choses agréables, des livres à écrire, des vacances seule avec un inconnu bien monté sur une île de rêve, ou tout simplement une soirée beaujolais avec des copines. Bref, des moments sans eux.

Et, devenus plus grands, les choses empirent. Leur vocabulaire est lamentablement réduit, leur discours haché et maladroit, et chaque phrase entrecoupée de « putain » bien sentis. Leur emploi compulsif de « style » et de « genre » traduit une incrédulité face à la réalité de leur environnement : « Genre, je gueulais au téléphone… », « Style, je m'en fous, tu vois », « Elle me fait, je vais me tuer, et moi je lui fais, attends demain, je suis crevée », « Trop *cool*, je les ai vus et ça a fait waouh, tu vois », « C'est comme si, je sais pas, genre comme si on te jette avec quelqu'un, tu essaies de t'adapter, je sais pas ». Si vous rencontriez quelqu'un qui s'exprime comme ça, dans un dîner ou dans un bar, franchement vous auriez envie de poursuivre la conversation ? Certainement pas. Le dialogue parents-enfants, c'est le dîner de cons tous les jours.

escagasser = ?
désobéir

at the end
of your rope

8

Choisir la nurserie,
c'est fermer la salle de jeux

Quittez la vision carte postale de l'enfant : en élever un, c'est la guerre. Et ce n'est pas qu'une image. De plus en plus de parents se font frapper par leurs enfants. En attendant qu'elle ait l'âge de vous en coller une, votre « puce » va vous obliger à répéter sans cesse : « Tu te tiens correctement », « Tu ne mets pas tes mouchoirs sales sur la table », « Tu fermes la bouche quand tu manges », « Tu ranges ta chambre », « Tu ramasses tes mouchoirs sales », « Tu fais tes devoirs ». L'enfant, pour tester son pouvoir sur vous, va vous escagasser exprès là où vous êtes usé jusqu'à la corde. En élever plusieurs, c'est double, voire triple peine, surtout dans le cadre de ces familles recomposées dont on nous vante la « modernitude », faute de savoir qu'en dire d'intelligent. La famille recomposée, pour une femme, cela signifie élever ses propres enfants en plus de celui ou ceux d'un autre ; pourquoi pas une colonie de vacances à encadrer, pendant qu'on y est ?

Le pire, c'est que l'enfant est là pour vous empêcher de jouir. C'est sa face cachée. Croyez-moi, il va se montrer très inventif dans ce domaine. Il va être malade

45

*to bother ≈ embêter

quand vous sortez (enfin) vous amuser, il va vous enquiquiner quand vous fêtez votre anniversaire avec vos amis. Il détestera que vous rameniez chez vous pour la nuit un(e) inconnu(e) ; du reste, vous n'y songerez même plus pour ne pas risquer de le « traumatiser ». Et puis, il va s'ingénier à se mettre à hurler précisément quand vous vous couchez avec votre compagne ou votre compagnon. À condition qu'il dorme dans sa chambre, parce que de nombreux enfants partagent le lit de leurs parents ; 12 % des parents américains[1] avouent passer la nuit avec leur bébé. Je doute que leur vie sexuelle soit très intense. Adieu caresses, quelle tristesse. *Bonjour, Tristesse* Françoise Sagan [?]

Quoi de plus insupportable, pour l'enfant, seul au lit, que d'imaginer son père ou sa mère en train de faire l'amour ? Impensable. Du reste, c'est peut-être le sens du mythe inventé par Freud dans *Totem et Tabou*[2] : les fils tuent leur père parce qu'il mène la belle vie, le salaud, toutes les bonnes femmes qu'il se tape, un scandale inacceptable. Jusqu'aux années soixante-dix, les parents rendaient aux enfants la monnaie de leur pièce en faisant peser sur eux un contrôle sexuel injuste mais ferme : pas de rapports sexuels avant le mariage, pas de *boogie-woogie* avant

1. Selon une étude du National Institute of Child Health and Human Development. C'est au point que les parents américains font de plus en plus appel à des *sleep consultants* pour tenter de déshabituer leur enfant du lit parental.
2. Ma lecture de *Totem et Tabou* est peu orthodoxe, j'en conviens. (Le lecteur cultivé a l'habitude des propos suivants. Dans *Totem et Tabou*, Freud explique que le meurtre du père et le repas cannibale qui s'en est suivi ont non seulement institué la prohibition de l'inceste, mais donné naissance aux rapports de parenté fondés sur l'échange homme-femme. De plus, ils auraient également jeté les fondements de toutes les religions, puisque dans celles-ci le meurtre du père et sa dévoration sont sans cesse rejoués, reproduits symboliquement.)

se taper = avoir (sexuellement)

46

la prière du soir. L'activité sexuelle des jeunes, surtout des filles, était étroitement contrôlée. Au fond, ce n'était que justice ; un prêté pour un rendu : « Tu m'empêches de vivre ma vie, je mets des bornes sérieuses à ta liberté. » Bataille.

Et la répression sexuelle ne s'expliquait pas uniquement par peur d'un enfant non désiré. Car pendant près d'un siècle, le XIXᵉ, les parents et les éducateurs ont uni leurs forces afin de lutter contre un fléau atroce, la masturbation des enfants, accusée de miner la santé de la jeunesse et de la rendre flapie. On comprend mal aujourd'hui pourquoi la branlette a pu faire peur à ce point à la société de l'époque. Risquons tout de même une explication. Celle-ci part d'un constat lapidaire et fort : un n'est pas bien, deux c'est mieux. Dans le même ordre d'idées, le clonage, qui a mauvaise presse, est à la reproduction ce que la masturbation est à la sexualité. Avoir du plaisir seul, faire un enfant avec ses seuls gènes, même combat, même scandale. Pourquoi ? Parce qu'il est déconseillé de faire seul ce qu'on peut (et doit) faire à deux. Une belle manière de dissoudre dans le couple l'individu qui, laissé à lui-même, pourrait cesser d'adhérer aux fondements de la société, au point, peut-être, horreur, de cesser de se reproduire. Quel rapport avec l'enfant ? Le discours lénifiant et protecteur que la société tient sur celui-ci cache mal l'injonction « marche tout droit ».

Dès l'annonce du soi-disant bébé cloné par la secte des raéliens, la presse a parlé de « transgression de toutes les lois sur l'expérimentation humaine », d'« irréversible qui se serait produit », d'« abomination, de monstruosité, d'attentat contre l'éthique ». Pourquoi s'offusquer de ce qu'un bébé est le clone de sa mère ? Soyons sérieux, de toute façon, nous sommes déjà tous des clones, pas d'un de nos parents, mais d'un de nos

47

voisins ou collègues. Le programme n'est plus « Aimez-vous les uns les autres », mais « Ressemblez-vous les uns les autres ». C'est comme pour les tomates, les petits pois ou les patates : tout doit être de la même dimension afin de rentrer dans des petites boîtes.

un tonneau
= a barrel, a cask;
(Naut) a ton

[?] entre le poire et le fromage
TAKE IT LITERALLY.
THINK DINNER PARTY
recueilli, adj.
= meditative

gaver = to force-feed
« je suis gavé(e) !» =
"I'm full!"

9

L'enfant, un tue-le-désir

attack

L'enfant n'est pas toujours un tue-l'amour, mais très
souvent un tue-le-désir. Cet attentat esthétique contre
le corps de la femme la contraint, pendant plusieurs
mois, à ressembler à un gros animal difforme et gavé.
Par la force des choses, elle en est réduite à s'habiller
comme un sac. On a beau nous répéter que la femme
enceinte est superbe et épanouie, moi je suis profon-
dément sceptique : enceinte, je me trouvais moche
avec ce tonneau qui m'avait poussé au-dessous des
seins. De nombreux témoignages recueillis entre la
poire et le fromage auprès de mes amies m'ont convain-
cue d'une chose dont on parle rarement dans *Enfant
Magazine* ou dans *Parents* : beaucoup d'hommes trouvent peut-être jolies leurs copines ou leurs femmes qui
attendent un enfant, mais ils n'ont pas pour autant
envie de faire l'amour avec elles.

ugly
=
laide

C'est donc bien souvent avec la grossesse que commence un long hiver sexuel. Une mauvaise nouvelle,
qui n'est pas suivie d'une bonne, comme dans les *jokes*
américaines. Non, la privation ne cessera pas avec la
naissance de l'enfant. On n'a pas envie de faire l'amour
après une épisiotomie, et même si on en a envie, ça
fait mal pendant plusieurs semaines. Une épisiotomie,

? a butchery ≃ une mutilation

vous ne savez pas ce que c'est ? Il s'agit, nous dit le Robert, d'« Une incision du périnée, en partant de la vulve, pratiquée lors de l'accouchement ». En clair, un charcutage de la partie la plus intime de votre être, mesdames, celle qui généralement vous permet de jouir, même si heureusement, il y en a d'autres. Selon le corps médical, l'épisiotomie est une intervention bénigne ; elle est fréquente, du moins pour celles qui échappent aux ravages de la césarienne qui, elle, est une véritable opération. L'épisiotomie serait-elle un moindre mal, un peu comme élire Chirac au lieu de se ramasser Le Pen à la tête de l'État ? Doit-on pour autant se réjouir ?

On n'a pas envie de faire l'amour entre deux couches à changer, après un biberon à donner la nuit, quand on s'est tapé trois heures de travail à la maison en sortant du bureau. On n'a pas envie de faire l'amour entourés de braillements de morveux qui se battent. C'est d'autant plus vrai quand on habite un appartement trop petit, que les enfants sont parqués dans la même chambre, et que celle-ci n'est pas loin de celle des parents. Vous imaginez un film comme *Neuf semaines et demie* avec des enfants dans la pièce à côté ? Tout de suite, la température baisse de neuf degrés et demi, même avec des acteurs supersexy. Adieu l'érotisme.

brailler = to bawl   lit. a snot
- un morveux = un monstre
se taper = (corvée) to do

ravager = to ravage, to devastate

? Maier parle franchement. Pas d'affectation.
She doesn't mince words

To sound the death-knell:

un glass = a knell

~~Qu'est Qu'est ce que c'est une glassé~~

une glace = ice cream, mirror, window glass

10

Il sonne le glas du couple

soluble

Bonjour l'enfant, adieu le sexe et le couple. Ce dernier n'est pas soluble dans la famille. Le désir, lié à la surprise, à l'imprévu, à la capacité d'invention des partenaires, va être réduit à peu de chose quand vous aurez un enfant, *a fortiori* deux. Avec les enfants sur les fesses, vous devenez d'abord un parent, on parle de vous comme d'un « papa », ou d'une « maman ». Vous cessez d'exister à la première personne. Quand vous vous adressez à votre enfant, vous lui dites : « Maman n'est pas d'accord quand tu mets des crottes de nez sur le tableau, Ulysse. » Au bout de quelques années, vous verrez, vous serez uniquement « papa » et « maman », et vingt ou trente ans après, devenus grands-parents, « Jacques » et « Évelyne ».

La priorité donnée à l'enfant sonnerait-elle le glas du couple ? Oui, souvent. Quand vous aurez des enfants, vous ne serez plus la jeune fille un peu capricieuse qui s'amuse avec ses copines et aguiche son amant ; vous ne serez plus le jeune homme plein d'entrain qui mène une vie de bohème et se fiche de l'état de son compte en banque en fin de mois. Jacques et Évelyne deviendront peut-être grands-parents, mais pas forcément ensemble. Statistiquement, ils ont peu

full of drive

aguicher = to entice, tantalize, seduce, tease (≅ séduire)

makes fun of, doesn't give a hoot about

51

de chances de vieillir côte à côte : l'élevage des enfants les a vidés. Ils n'ont pas su garder suffisamment de ressources pour eux. Il ne voit plus en elle qu'une matrone qui fait tourner la maison, s'occupe du budget et des enfants ; elle ne voit plus en lui qu'un pépère doté de poignées d'amour assez disgracieuses, qui bricole le week-end et fait la cuisine de temps en temps. Cendrillon s'est transformée en bobonne, le prince charmant en crapaud.

En observant les autres couples devenir parents et s'engluer totalement dans leur rôle, j'ai cru naïvement qu'ils s'étaient laissé piéger et que cela ne m'arriverait pas. Erreur : cela m'est arrivé aussi. Je ne me regarde plus guère dans la glace, porte des talons plats, délaisse mes lentilles de contact (qui se dessèchent dans leur étui), et ne m'achète de nouveaux habits qu'une fois par an. Mon compagnon est d'abord le père de mes enfants, et une bonne partie de nos conversations tourne autour d'eux. Quand un homme m'adresse la parole dans un dîner, je n'ai jamais l'idée que c'est pour me draguer, et quand c'est le cas, il me faut des mois pour m'en apercevoir.

Conséquence : un couple sur deux divorce ou se sépare dans les grandes villes ; ces ruptures touchent surtout les jeunes couples. Un nombre de plus en plus important se sépare alors que les enfants sont encore tout petits : statistiquement, c'est autour de la quatrième année de naissance du premier, ou peu après celle du second qu'il y a de l'eau dans le gaz. Désirer ou engendrer, il faut souvent choisir…

s'évertuer (à faire)=
to strive (to do)
≅ s'efforcer de

11

Être ou faire,
ne vous croyez pas obligé de choisir

Longtemps, le nouveau-né était assimilé à un pur tube digestif et répondait à la seule définition qu'avaient forgée pour lui les obstétriciens du XXe siècle : « Le produit nécessaire et inévitable de la salle de travail. » En moins de trente ans, il est devenu un objet précieux doté d'un génie propre. Nombre de psys, certains parmi les plus grands, se sont évertués à expliquer que les bébés, les enfants, ne sont pas de purs objets, mais des sujets dont la singularité est à respecter. Ce qui est vrai, mais bonjour le malentendu : les parents ont compris qu'on louait le côté précieux d'un enfant qu'ils se sont mis à couver comme la prunelle de leurs yeux. Il ne devra jamais manquer de rien. Les parents s'évertuent à combler des besoins qui n'existaient pas hier : c'est un bonheur de les satisfaire. Oui, répétez après moi, c'est un bonheur.

Et puis, les parents compensent dans l'acte (s'occuper des enfants) ce qu'ils ont perdu dans l'être (le fait d'être parent). À la question « Qu'est-ce qu'être parent ? », il n'y a plus de réponse claire. Naguère, les parents, c'était papa et maman. Tout était simple.

Aujourd'hui, il y a de plus en plus d'enfants qui mobilisent une tierce personne pour naître : le donneur de sperme qui se substitue au mari infécond, la donneuse d'ovocytes qui se substitue à la mère stérile, ou enfin la mère porteuse qui permet à une autre femme d'avoir l'enfant qu'elle a conçu avec son compagnon ou mari. Il faut trois corps au lieu de deux pour faire un enfant. Il en est de même avec les familles recomposées, cette fois sur le terrain social : l'homme ou la femme qui élève les enfants de sa compagne ou de son compagnon contribue à la « création » de l'enfant.

Qui est parent ? La femme qui a accouché d'un enfant né de l'implantation d'un ovule d'une autre femme fécondée par son mari est-elle « entièrement » sa mère ? L'homme qui a accepté que sa compagne soit inséminée par le sperme d'un donneur anonyme est-il « entièrement » son père ? Tout ça est effroyablement compliqué ; ce qui est sûr, c'est que plus les coordonnées parentales sont floues, plus on s'investit dans sa mission de parent, parce que c'est l'enfant qui sert de point de capiton à la famille. Il en est aujourd'hui le centre, tout tourne autour de lui, et les adultes qui l'entourent et lui servent de faire-valoir forment des combinaisons de plus en plus variées. Heureusement, il reste une balise : « Avoir des enfants, c'est donner de l'amour », comme s'exprime un journaliste du magazine *Parents*, une publication lénifiante pour parents en mal d'identité. L'amour, toujours : comme c'est simple, nous voilà rassurés.

beacon ≅ une lueur d'espoir

point of padding ?

soothing
lénifier ≅ apaiser (ou)
≅ (péj) amollir
to enervate

12

« L'enfant est une sorte de nain vicieux, d'une cruauté innée. » (Michel Houellebecq)

Notre vision de l'enfant est façonnée par Jean-Jacques Rousseau. Cet auteur, qui s'est pourtant débarrassé de ses propres enfants en les confiant à l'Assistance publique, célèbre avec sensibilité l'alliance entre l'enfant et le sauvage. L'un et l'autre vivraient dans une communion immédiate avec les choses, dans l'appréhension du vrai, dans une pureté que la civilisation n'aurait pas encore altérée. *limbs ⇒ ≈ abilités, facultés, pouvoir, force*

Un peu de sérieux. L'innocence de l'enfant, disait déjà saint Augustin, tient à la faiblesse de ses membres, non à ses intentions. L'enfant est comme votre chien, s'il était deux ou trois fois plus grand, ce serait un animal féroce – votre meilleur ennemi. De nombreux petits garçons et filles, interrogés à la télé, avouent leur désir d'être développés de la sorte afin de pouvoir corriger leurs maîtres et maîtresses, battre leurs camarades, voire tuer les figures de l'autorité, parents, profs. C'est le sujet du film *Chérie, j'ai agrandi le bébé* : un savant distrait, à la suite d'un accident de laboratoire, voit son fils de deux ans grandir de plusieurs mètres et commencer à semer la terreur dans le voisinage.

Honey, I shrunk the kids[?]

Souvenez-vous de vos années d'enfance. Des petits camarades qui se moquent de vous, vous volent votre goûter ou vos billes, critiquent vos vêtements, vous font comprendre que vous n'êtes pas assez « stylé ». L'enfant ne pense qu'à piquer le jouet de l'autre, l'humilier en public, le frapper. Et venir geindre ensuite auprès des adultes qu'on lui a fait du mal, car l'enfant aime se faire plaindre. Par nature, il se considère toujours comme une victime, jamais responsable ni coupable. Avez-vous lu *Sa Majesté des mouches* ? Ce livre édifiant raconte l'histoire d'enfants échoués sur une île déserte qui finissent par s'entre-tuer. Cela arrive dans la réalité, de plus en plus souvent, et parfois près de chez vous. Fin décembre 2006, un collégien de douze ans est mort à Meaux sous les coups de pied de deux de ses camarades de onze ans. Quelques mois plus tôt, une fillette espagnole de treize ans avait été battue par trois copines de sa classe au point d'avoir la jambe droite fracturée en plusieurs endroits. Seigneur, pardonnez-nous nos enfances.

L'enfant est un loup pour l'enfant. Mais il est aussi une nuisance majeure pour les adultes. Voyager en TGV à côté d'enfants en bas âge est une épreuve pour les nerfs : cris, jets de soda sur les rideaux, coups de pied dans les sièges. La seule manière d'éviter ces désagréments a longtemps été d'opter pour le wagon fumeurs, mais il n'y en a plus. Je suggère à la SNCF de vendre des billets *No Kid* moyennant un surcoût : mise à mort assurée du politiquement correct, mais succès garanti. Pire qu'un voyage en train, habiter au-dessous d'une famille avec enfant(s) dans un immeuble mal isolé est un chemin de croix : bonjour les hurlements, les raclements de parquet, les jouets jetés avec violence qui vous réveillent sans ménagement à l'aube. Il y en a qui sont obligés de déménager, j'en connais.

De même, vivre à proximité d'une école est synonyme d'ennuis. Petit exemple vrai tiré de la vie quotidienne, laquelle est une source inégalable d'informations précieuses. Ce petit fait anodin concerne les soucis causés par les enfants à la sortie de l'école. Les parents ont reçu la lettre suivante : « Depuis plusieurs mois, les riverains du Lycée français se plaignent de nuisances provoquées par les incivilités commises par les élèves, que ce soit sur la voie publique ou à l'encontre des bâtiments privés. Par ailleurs, il apparaît que les attroupements d'élèves à la fin des cours sont sources de désagrément tandis que certains d'entre eux se rendent coupables d'incivilités (abandon de déchets) et de dégradations à l'encontre des biens publics ou privés. » Un conseil, quand vous achetez un appartement, choisissez plutôt la proximité d'une maison de vieux. Même si vous avez des enfants, au moins vous ne serez pas gênés par la marmaille des autres.

gang, horde

faire échouer = wrecked   ≃ contre

= naufragé(s)

« Seigneur, pardonnez-nous nos   pères
                                        péchés (m)
≃ maison de retraite

⟶ ☆ !

extra (ou) additional cost

moyennant [+ argent] = for / in return for

13

Il est conformiste

following behind, imitator

Rien de plus suiveur qu'un enfant. Normal : il singe les adultes, les gamins un peu plus grands que lui, ou ceux de son âge qu'il envie. L'enfant passe sa vie d'enfant à vouloir être un autre, afin d'être « populaire ». C'est au moment où il s'aperçoit qu'il vieillit qu'il comprend que grandir n'est pas un but en soi – mais là, l'enfance est finie, trop tard pour en profiter. Comme il souhaite toujours être un autre, l'enfant n'est pas content de lui-même. Il a peur qu'on se moque de lui, qu'on le montre du doigt, qu'on critique son pull ou son sac à dos. Résultat, il fait tout comme ses copains de classe ; pour se rassurer, il porte les mêmes chaussures, utilise les mêmes cahiers, adopte la même manière de parler. L'enfance est une longue névrose, car la névrose, c'est vivre en conformité à ce qu'on croit être l'attente des autres. Souvent, la névrose de l'enfance ne guérit pas, elle évolue doucement vers la névrose de l'adulte. *neurosis*

L'enfant déteste être différent, et accepte mal que ses parents se singularisent. Mes enfants m'ont dit qu'il n'était pas question que leurs camarades de classe les voient dans notre vieille Peugeot 205 cabossée. Ils ne veulent pas que leur papa aille les chercher

= battered
cabosser (≈ bosseler) to dent

à l'école dans son short troué. Ils ne comprennent pas que je passe l'essentiel de ma vie à la maison, à écrire ou à recevoir mes patients, et le plus jeune a longtemps dit à ses copains, non sans une vague honte, que « maman n'a pas de métier ». Les mamans des autres enfants, elles, quittent la maison pour se rendre dans un bureau à heures fixes : c'est pour eux la preuve qu'elles travaillent vraiment, même si bien souvent personne ne sait exactement ce que le « bureautier » fabrique.

Ne sachant pas exactement ce qu'est le travail, beaucoup d'enfants pensent que c'est comme l'école, de la présence obligatoire et des maîtres stupides. Le travail des parents est devenu une entité totalement abstraite pour leurs rejetons. Ceux-ci seront mûrs pour accomplir, quand ils seront grands, des boulots inutiles et sans intérêt. Tout petits déjà, la société attend des enfants un respect aveugle des règles, de la discipline : la crèche, l'école, ne sont que des maillons de l'immense appareillage de contrôle des corps et des personnes qu'est le monde. De la garderie à l'entreprise, il n'y a aucune différence d'essence, la première « garde » l'enfant et la seconde l'adulte. L'enfant s'imagine peut-être que c'est normal. Une case bien à soi, chauffée, des horaires à respecter, une cantine, des camarades. Un rêve lilliputien, bien à sa mesure.

un maillong = a link

une garderie (d'enfants) =
day-care centre, day nursery

14

Enfant, trop cher

L'enfant coûte une fortune. Il compte parmi les achats les plus coûteux que le consommateur moyen puisse faire au cours de sa vie. En matière monétaire, il coûte plus cher qu'une voiture de luxe dernier cri, qu'une croisière autour du monde, qu'un deux-pièces à Paris. Pire encore, le coût total risque de s'accroître au fil des ans. Bien sûr, vous êtes aidés par l'État, qui distribue de multiples subsides (attention, vous n'y aurez pas forcément droit) rassemblés sous la houlette de la PAJE (prestation d'accueil du jeune enfant), ainsi qu'une allocation rentrée scolaire, une bourse de collège, de lycée… Mais cela représente peu de chose par rapport à ce que vous allez dépenser pour votre enfant.

Il faut le nourrir, l'habiller, le loger, le faire garder, lui payer école et/ou études, et ce, pendant dix-huit à vingt-cinq ans, voire trente. On sait que cela représente en moyenne 20 à 30 % d'un revenu, mais curieusement, on ne connaît pas exactement les montants. Pourtant, en France on ne manque pas de statisticiens, et il y a des gens dont c'est le travail, comme le Haut Conseil de la population et de la famille. En fait, c'est une conjuration entretenue par les natalistes, ces idéologues convaincus que la France a besoin de bébés pour faire perdurer un modèle français qui, c'est bien connu, s'étiolerait irrémédiablement s'il était privé de rejetons bien de chez nous. Joël-Yves Le Bigot, président de l'Institut de l'enfant, accuse : « Tous ceux que la démographie du pays préoccupe se disent qu'il vaut mieux que les Français ne sachent pas réellement combien cela coûte d'élever des enfants, sinon ils en auraient encore moins. » On nous cache tout, on ne nous dit rien.

Le secret de la parentalité heureuse, c'est évidemment l'argent, qui permet d'échapper à la servitude constante inhérente au métier de parent. Dans *Voici*, Angelina Jolie, Sharon Stone, Madonna, Nicole Kidman ou Laeticia Hallyday sont des mères comblées ; elles ne résistent pas au plaisir de déclarer que la maternité est ce qui est le plus important pour elles. Les hommes font de même : la paternité a révélé en Johnny Depp d'abyssales profondeurs, et toute sa vie, Tom Cruise a voulu être père. Avoir du personnel rend les choses plus faciles : une baby-sitter qui passe la nuit à la maison quand on sort, une nounou pour le repas quand on dîne avec une copine, une étudiante pour les devoirs. Il faut au moins ça pour rendre la parentalité supportable.

Cessez de rêver, vous appartenez à la France d'en bas ou à la France moyenne (de plus en plus, c'est pareil). Vous devrez donc tout faire vous-même. Avec un enfant, vous allez apprendre, que vous le vouliez ou non et sur le tas, une multitude de métiers : puéricultrice, gardien d'enfants, animateur, pédagogue, cuisinier, instit, policier, chauffeur, infirmier, psychologue et conseiller d'orientation. Et puis surtout, acteur, parce qu'un enfant constitue un public idéal pour qui veut jouer le rôle de parent – au moins jusqu'à l'adolescence. Cela fait beaucoup pour une seule personne : le plus étonnant est que les mères de famille, pourtant flexibles et pluridimensionnelles, possèdent si peu de valeur marchande sur le marché du travail... Vous avez déjà vu des employeurs se battre pour embaucher des mères de plus de quarante-cinq ans ? Cela prouve bien qu'il y a quelque chose de pourri au doux royaume des ressources humaines.

(annotations manuscrites)

market value

to wilt = [flower] se faner, se flétrir
[plant] se dessécher, mourir
[person] (= grow exhausted) = s'affaiblir
(= lose courage) = fléchir,
être pris de découragement

fulfilled (duh!)

Moses basket

~~bouncer chair~~

☐ ?

≅ et même

☐ ?

15

Un allié objectif du capitalisme

Consommer est le pilier de la parentalité. Il faut se munir d'une liste incroyable d'objets pour devenir un parent digne de ce nom. Un lit à barreaux, un parc, un moïse, un maxi-cosy, un transat, un landau, une poussette pliante, un lit parapluie, un porte-bébé kangourou, les couches, les habits, le chauffe-biberon, le stérilisateur de biberons, les produits d'entretien, les lingettes, le mouche-bébé... Certains de ces objets font preuve de raffinements technologiques aussi impressionnants qu'inutiles : la poussette[1], par exemple. Les modèles « dernier cri » s'appellent Vigour, Aéroport, Carrera ; ils sont proposés avec six, voire huit roues (jusqu'à 27,3 centimètres de diamètre), pneus gonflables, frein avant à disque et frein de parking arrière, guidon ergonomique, etc. Une petite merveille. Mais, deux fois plus lourd, il vous est difficile de prendre le métro, impossible de circuler à vélo ou à deux-roues. Pour transporter tout ce barda, une voiture s'impose, de préférence grande, et avec airbags pour d'évidentes raisons de sécurité. Chaque déplacement devient un déménagement complet, un cauchemar de valises et de sacs.

---

1. Voir l'article de Catherine Millet, « La Poussette surdimensionnée », dans *Le Nouvel Observateur* daté du 15 mars 2007.

C'est cher, mais ce n'est qu'un début, car l'enfant se salit et mange, alors il faut aussi un lave-linge, un sèche-linge et un lave-vaisselle. Il faut aussi une débauche de ces couches plastifiées (six ou sept par jour pendant deux ou trois ans) qui sont un véritable désastre pour l'environnement car elles ne sont pas recyclables. Comme le bougre tient de la place, on achète un appartement où il a sa chambre, en espérant qu'ainsi il sera moins casse-pieds. Et puis il faut l'habiller, il existe une mode enfantine que les plus investis des parents s'efforcent de suivre en achetant dans des enseignes spécialisées. De multiples articles dans les revues féminines, de même qu'un *Vogue* enfants (nommé *Milk*) vous aident à choisir des vêtements aussi chers que ceux destinés aux adultes. Le cher mignon ne les met que pendant trois mois, voire jamais, mais quelle importance ?

L'enfant fait consommer les parents tout autant qu'il consomme. Il est la cible majeure des « communicants ». Plus c'est nouveau, plus c'est clinquant, plus il aime. Tout petit déjà, il joue à la GameBoy, et à huit ans, il a son premier « ordi » : la technologie n'a aucun secret pour lui. À douze ans, un MP3 est absolument indispensable pour faire bonne figure à la récré. Ça ne suffit pas. L'appareil photo numérique multifonctions s'impose. Et puis un téléphone portable. Selon une étude britannique, les deux tiers des six-treize ans en possèdent un. Qu'en font-ils ? D'après un expert du marketing enfants (un métier passionnant, j'en suis sûre), « Les enfants en veulent un, même s'ils s'en servent peu par la suite, sinon pour appeler chez eux ». Appeler chez eux ? Enfants et parents n'ont-ils pas déjà tout le loisir de… ne pas se parler ? Par ailleurs, l'enfant a des goûts de chiottes : les chaussures moches dont les couleurs sont inspirées du dernier jeu vidéo à la mode, les habits dérivés de séries télé ineptes, les

66

cartes Yu-Gi-Oh ! ou Duel Masters, les poupées Diddl, bienvenue au royaume de la laideur.

Tout cela, pour les parents, représente de l'argent gâché, du temps perdu à acheter des cochonneries, et des milliers d'heures passées au boulot afin de rembourser l'appartement où les stocker. Il faut ce qu'il faut, car toute chambre d'enfant est une véritable caverne d'Ali Baba, avec des jouets amoncelés jusqu'au plafond et un désordre incroyable de vêtements, de boîtes jamais ouvertes, de gadgets cassés, démodés ou boudés. Au royaume de la marchandise, l'enfant est dans son élément. Ce que promeut le capitalisme, toujours plus d'objets, toujours plus de gadgets difficiles à recycler, des biens interchangeables, vite obsolètes et renouvelés à l'infini, c'est exactement ce qu'il veut. Tant qu'il y aura des enfants, le monde absurde dans lequel nous vivons aura de l'avenir. L'espèce humaine, pas forcément, mais c'est une autre histoire.

flashy tawdry
* break, recess (récréation), duh!

→ hardly touched
bouder = to sulk [VT]; to cold-shoulder [VT]

moche comme un pou = ugly as sin
un pou = a louse

a heart-wrench🅳

16

L'occuper, un casse-tête

Il y a quelques années, les Britanniques nous livraient un chef-d'œuvre d'humour bien de chez eux sous le titre *101 utilisations d'un chat mort*. Les 101 utilisations d'un enfant vivant exigent bien plus d'imagination. Jadis, les enfants jouaient dans la rue, dans des terrains vagues et s'amusaient entre eux, aujourd'hui la place est prise par les voitures. Et par les kidnappeurs d'enfants, grande terreur des parents d'aujourd'hui, qui pensent qu'il y en a à tous les carrefours. Plus question de leur dire « va jouer dehors », ou alors c'est pour jouer seul dans un jardin en banlieue, et mon expérience m'a appris que ce n'est pas leur divertissement favori. L'enfant est donc enfermé, comme dans *L'Arrache-Cœur* de Boris Vian, ce récit où une mère, hantée par l'idée qu'un accident pourrait arriver à ses enfants, finit par les mettre en cage.

Le capitalisme a pris d'une main aux enfants un espace naturel de jeu et d'expérimentation, et leur a donné de l'autre des objets pour compenser. Le premier était gratuit, les seconds sont payants, c'est de bonne guerre. D'abord la télé, devant laquelle l'enfant peut rester scotché des heures à se laver le cerveau. Pendant ce temps, l'enfant ne songe plus à se faire mal. Mais les classes moyennes et supérieures s'en méfient car elles savent que cela rend les enfants stupides (et les adultes décérébrés, mais généralement pour eux c'est trop tard). Elles préfèrent opter pour des outils toujours plus perfectionnés (GameBoy, PlayStation…) dont l'enfant raffole, qui ne sont pas plus intelligents mais ont le mérite de l'occuper. Vive le baby-sitting *high-tech*.

to put in some hard work (= SWEAT, duh!)

Mais le plus gratifiant pour les parents est tout de même de mouiller leur chemise afin que leurs enfants soient occupés intelligemment. Il faut commencer tout petit, quand ils ont quelques mois. Les bébés nageurs sont là pour ça. Le principe consiste à les tremper dans une eau tiédasse (et probablement pisseuse) dès l'âge de quatre mois ; c'est très en vogue, au point qu'à Paris il convient de s'inscrire avant la naissance de l'enfant. À quoi ça sert ? Je ne sais pas, mais voici ce qu'on lit sur l'un des sites Internet consacrés à ce loisir : « L'enfant apprend à devenir autonome, cet environnement stimulant favorise son développement psychomoteur. Pour beaucoup d'enfants, la piscine est l'occasion d'entrer en contact avec la société. Cette socialisation précoce favorise la qualité des relations futures. » Autonomie, développement, socialisation : les mots-clés d'une éducation réussie. Tout se joue donc à quelques semaines. Si vos enfants ne vont pas aux bébés nageurs, ils ne feront rien de leur vie, tenez-vous-le pour dit.

Plus tard, il faudra inscrire les enfants dans une multitude d'activités extrascolaires, ce qui implique souvent les accompagner et aller les chercher. Voici l'emploi du temps[1] effarant d'Antoine, onze ans. Le lundi de 17 h 30 à 18 heures, guitare ; le mardi, hand-

---

1. *Le Monde* du 7 septembre 2005, « Choisir des activités extrascolaires sans surcharger les emplois du temps », par Sylvie Kerviel.

outrageous, alarming

ball de 17 h 15 à 18 h 30. Jeudi, solfège de 18 heures à 19 h 30. Vendredi, à nouveau handball de 17 h 15 à 18 h 30. Un samedi sur deux, répétition dans le cadre d'un orchestre pour enfants. Cet emploi du temps marathon est-il fait pour occuper les enfants ou plutôt les parents, réquisitionnés pour les accompagner de-ci, de-là ?

Les activités « intelligentes » sont celles qui développent les performances de l'enfant sur le marché scolaire, signe qu'il sera adapté plus tard au marché du travail. Les échecs, le solfège, relèvent de cette catégorie. Les parents pourront aussi opter pour les occupations créatives comme le dessin ou le théâtre, un bel outil pour se sentir à l'aise en public. Tout doit servir à son « épanouissement », ce mot sans cesse ressassé, clé d'un « développement personnel » dont les recettes éprouvées mènent au bonheur. Quant au sport, il lui apprend le goût de la compétition, l'esprit d'équipe, et tout cela lui sera fort utile en entreprise.

Attention, le *surbooking* menace. Un emploi du temps digne d'un manager d'entreprise – du reste, s'il réussit dans la vie, au sens où ses parents l'espèrent, il en deviendra un lui-même. Dès l'enfance, il aura pris le pli : jamais de temps « gâché », jamais de moment creux où l'on regarde tomber la pluie. C'est un avant-goût de la vie, la vraie, celle des gagnants, car les *winners* sont très occupés alors que les *loosers*, eux, ne fichent rien. Ces derniers sont pourtant à l'avant-garde de la modernité ; un jour, dans un monde où il n'y a plus de travail et pas grand-chose à fiche, tout le monde sera en vacances, en RTT ou en congé maternité. Ce jour-là, il n'y aura plus que les parents qui travailleront... à élever leurs enfants.

Name of Uncle in ~~Donald Duck~~?
In French? Oncle Picçon

_____

sucker, lollipop, _____
lolly (duh!)

_____

un pou
= a louse

lousy,
flea-ridden,
verminous
($\simeq$ sordide)
squalid

17

Les pires corvées des parents

Le métier de parent est un chemin de croix pavé de multiples stations. Vous n'êtes pas obligé de vous les coltiner toutes, mais sachez que vous ne couperez pas à certaines d'entre elles. Voici les pires.

— Eurodisney, ce village d'animations idiotes où règnent des gens sous-payés habillés en canards.

— Le Marineland d'Antibes, où des poissons qu'on croirait en plastique sont dressés à sauter en cadence dans des bassins puant le chlore.

— Le Mammouth géant le samedi matin quand il faut remplir le frigo pour la semaine (avec Raphaël qui hurle et Aliénor qui veut acheter toutes les bêtises qu'elle voit, la sucette en forme de cœur, la boîte de haricots avec un gadget dedans, le gâteau orné d'un ours en peluche, les chips méga-craquantes, etc.).

— Le square pouilleux à la végétation rare, seul espace de jeux des enfants des villes. Le week-end, il est quasi inévitable d'y emmener l'enfant qui, comme le chien, devient insupportable si on ne le sort pas. Le parent attend que le temps passe (c'est bien long), et l'hiver, il se les gèle. Il a apporté un journal ou un livre[1]

---

1. Par exemple, David Abiker, *Le Musée de l'homme*, Michalon, 2005 : un ouvrage qui parle des corvées parentales avec des accents si justes.

on se les gèle * = it bloody freezing
⇒ you/one freeze your balls off * ?

73

pour échapper au spectacle qui se déroule devant lui : poignées de sable dans les yeux, croche-pieds, règlements de comptes, bordures de fleurs saccagées, insultes racistes, rien ne manque à la faillite annoncée de toute société humaine digne et juste.

— Le pavillon en banlieue avec jardinet, lieu naturel de repli et de prolifération de la famille de banlieue, décrite par la célèbre féministe américaine Betty Friedan comme « un camp de concentration confortable ».

— McDo, qui sert une nourriture immonde et grasse dans un décor *cheap* de formica, avec distribution de gadgets en prime. Le Bocuse des enfants, la corvée des parents. Seul avantage : c'est vite fini.

— L'Aquaboulevard, cette parodie immonde de plage, où l'on est prisonnier d'une boule surchauffée en béton avec palmier kitch.

— Thoiry, le « parc animalier », qui illustre parfaitement la formule « circulez y a rien à voir » ; celui qui est regardé, c'est le touriste prisonnier de sa voiture.

— Les films pour enfants, presque tous plus indigents les uns que les autres : *Inspecteur Gadget*, *Nemo*, *Babe le cochon*, *Harry Potter*, *Les Orphelins Baudelaire*, *Pocahontas*, *Les Tortues Ninja III*…

— Les vacances au mois d'août, fastidieuses au possible : embouteillages, parkings bondés, plages populeuses, « gîtes » inconfortables loués à prix d'or six mois à l'avance. Passe encore s'il y a une halte-garderie ou un club enfants, sinon vivement le mois de septembre.

— Et surtout, sommet de l'abomination : Noël. Des armées de parents se précipitent dans des magasins afin d'acheter toujours plus de jouets, les plus nouveaux, les plus bruyants, les plus à la mode. L'objectif : se prouver à eux-mêmes qu'ils sont de bons parents. Une tâche sans fin, tant c'est coûteux de s'acheter une bonne conscience, d'autant que dans la vie courante peu d'occasions se présentent. Il convient d'immortaliser l'instant avec un caméscope, afin de capter le moment précis (et rare) où l'enfant déballant ses cadeaux sous le sapin prend un air ravi et légèrement niais. Cela exige du doigté car, submergé d'une kyrielle de jouets inutiles et coûteux, il est rapidement gavé (il s'amuserait probablement davantage au fond d'un jardin à arracher les pattes d'une araignée). La cérémonie de déballage des cadeaux doit donc être intégralement filmée, et ce, tous les ans, de peur d'en perdre une miette. Visionner le film en boucle, plusieurs heures d'affilée, livre une belle métaphore du capitalisme : toujours plus d'objets, mais pas plus de satisfaction pour autant.

être atteint,e de [+ maladie] =
to be suffering from

[?] Yom Kippur

18

Ne soyez pas dupe
de l'imposture de l'enfant idéal

Beau, poétique, idéal, telle est notre vision de l'enfant. Il incarne le rêve d'un âge d'or perdu qui, comme tout âge d'or, n'a jamais vraiment existé. Des films comme *Les Choristes* (8,5 millions d'entrées) ou des émissions comme *Le Pensionnat de Chavagnes* (6 millions de téléspectateurs) jouent sur cette corde, et sont doublement réacs : leur fonds de commerce est à la fois la nostalgie du temps jadis et celle de l'enfance. Puisque l'enfant attire le spectateur, la télévision se sert de lui comme alibi pour les émissions les plus nulles possible. Parmi celles-ci le Téléthon, destiné à aider les enfants atteints de maladies génétiques, véritable Yom Kippour des bons sentiments qui met en spectacle la générosité. On y montre un effort titanesque pour collecter des fonds dans un temps record. Que ne ferait-on pour des enfants malades ? Le résultat est obscène et abyssalement bête, mais c'est au nom de l'enfant, n'est-ce pas.

L'enfance est devenue, curieusement, un modèle idéal qui fait rêver les adultes en mal de perspectives. Ce ne sont plus les enfants qui rêvent de la liberté de l'âge adulte, comme le souligne Benoît Duteurtre dans *La Petite Fille et la Cigarette*, mais les adultes qui rêvent de

un poème? un roman? une nouvelle? 77

l'enfance comme d'un pays idéal qu'ils n'atteindront plus
jamais. Sauf à la télé. Que montrent d'ailleurs les émissions de télé-réalité, « Star Academy » et consorts, sinon
des adultes qui se retrouvent volontairement dans des
sortes d'écoles pour apprendre à chanter, à danser, à
dormir dans des dortoirs, à se chamailler, puis à se par-
donner publiquement ? La télé raffole des enfants,
même et surtout quand ce sont des adultes qui écrivent
et jouent leur rôle.

Très friandes d'enfants sont aussi les (mal nommées)
informations. Celles-ci raffolent de faits divers sordides.
Les enfants disparus ou assassinés font régulièrement
l'ouverture du JT de 20 heures. L'opinion, semble-t-il, en
redemande. En France, elle a adoré le petit Grégory, un
meurtre jamais élucidé dont on nous a rebattu les oreilles
pendant des mois, sinon des années : un suspense hale-
tant. À croire qu'entre 1986, date de « l'affaire », et 1989,
année de la chute du mur de Berlin, il ne s'est rien passé.
Heureusement, quelques années plus tard, l'opinion (ou
les journalistes, il est difficile de distinguer la poule de
l'œuf) a eu à se mettre sous la dent les meurtres de
l'immonde Belge Dutroux. Plus récemment, elle s'est
intéressée de près au sort des enfants du docteur Godard,
disparus en mer, dont on n'a retrouvé qu'un crâne. Elle
s'est passionnée pour Natascha Kampusch, cette Autri-
chienne enlevée à l'âge de dix ans et séquestrée pendant
huit ans. Elle s'est indignée devant Véronique Courjault,
une Française dont on a retrouvé les deux enfants
congelés à Séoul, dans son frigo ; elle a frémi devant cette
Allemande qui a tué neuf de ses nouveau-nés avant de
cacher les cadavres dans des pots de fleurs. La fascina-
tion morbide est de rigueur devant ces Médée modernes.
La méchante infanticide, le pervers tueur de petits
enfants, voilà les monstres ! Mais chez nous tout va très
bien, merci ; chez nous, les enfants sont « épanouis » et
les parents « équilibrés ».

LOC ADV de près → at close range, closely

un crâne = a skull, cranium
crâne d'œuf *(≃ chauve) bald man
(≃ intellectuel) egghead

? une Médée = [a] Mede... a Medusa?

19

Vous serez forcément déçu par votre enfant

sweet revenge (duh!) — *high performance, outstanding, impressive, successful*

L'enfant, douce revanche. On procrée pour prendre sa revanche sur un sort contraire. On est convaincu qu'on pourra préserver son enfant de l'erreur dont, croit-on, on a été victime. Évidemment on en commettra d'autres, des plus « graves » peut-être. Pour les éviter, les mères se doivent de devenir meilleures pour être « à l'écoute » de bébés performants : c'est une véritable mission. Et c'est du travail. → *to be tuned in to*

Il y a pléthore de ces familles convaincues que leur enfant est plus intelligent que la moyenne, décidées à faire évaluer son QI dès l'âge de quatre ans, investies dans la tâche de repérer une école spéciale qui permettrait au futur Einstein de faire montre de ses aptitudes. Comment reconnaît-on l'enfant « précoce » ? C'est simple, d'après les dires de ses géniteurs, « il (ou elle) s'ennuie à l'école » ; vu le nombre d'enfants qui écoutent les mouches voler en classe, on peut croire que la France est un pays d'élection pour le génie. *of choice / favoured* Comme on plaint ces parents impliqués dans des allers et retours quotidiens parfois fort longs entre le domicile de l'enfant surdoué et ladite *favourable to* école. Mais rien n'est trop bien pour lui, n'est-ce pas ? Que ne ferait-on pas pour « stimuler » cet enfant si

on entendrait voler une mouche *to fly* ← *a fly*
= to hear a pin drop   = aforementioned / ledit/ladite

79

feelings (e.g. of a potato)

éveillé ? Que ne ferait-on pas pour « réussir » par procuration ? — by proxy / vicariously

Pourtant, le pédiatre Winnicott mettait en garde : ce qu'il faut à un enfant, c'est une mère « suffisamment bonne » – pas plus, ce serait trop... La bonne mère doit donc s'en fiche un peu, et c'est ça qui est difficile. S'en fiche un peu, c'est accepter que son enfant ne soit pas un enfant idéal. Car aucun enfant n'est idéal, et l'enfant ne manquera pas de décevoir d'autant plus ses parents que ceux-ci l'ont rêvé parfait. Résultats scolaires insuffisants ? Nous voilà avec des parents un peu désillusionnés, et obligés d'en rabattre sur les talents de leur petit chéri. Le plus comique, c'est le spectacle de parents jadis émerveillés par les « capacités » de leur enfant, obligés d'avouer (du bout des lèvres) que celui-ci, à présent âgé de vingt ans, a eu du mal à avoir son bac et poursuit ses études inférieures à Sup de Co les Épluchures* ou aux Mines de Wagonnets-les-Grisous.* La honte, pour celui ou celle qui avait pourtant tous les attributs d'un génie.

Et plus tard, si le petit chéri, au lieu de devenir autonome, flexible et responsable s'avère immature déglingué ce sera carrément le déshonneur. S'il ne travaille pas, s'il est condamné au temps libre perpétuel, malédiction des pauvres, plus personne ne demandera de ses nouvelles. Et imaginons que cet enfant, pourtant élevé dans la modernité la plus vertueuse, la plus divertissante, la plus pluraliste et la plus charitable, devienne antidémocrate, antieuropéen, antiprogressiste ? C'est impossible, car les bureaux de vote en France sont installés dans les préaux des écoles, et font donc, par définition, campagne pour un avenir radieux. Mais il y a pire encore, qu'il devienne un terroriste. Non, cela, c'est inimaginable, quelqu'un d'aussi bien intégré, dans un modèle de société aussi réussi, ne peut pas en vouloir la perte.

Mines de Wagonnets-les-Grisous
un wagonnet = a small truck   un grisou = a firedamp

20

Devenir une merdeuf, quelle horreur

shit-head mom? doormat mom?

La merdeuf est une mère de famille qui est avant tout… une mère de famille. Elle travaille, certes, mais pour des raisons économiques et aussi parce que le modèle de la-mère-de-famille-à-la-maison toute une vie n'est guère épanouissant. Sa propre mère en témoigne. La mère de la merdeuf a été toute sa vie une mère au foyer et a consacré sa vie entière à ses rejetons, leur répétant sans cesse qu'elle a fait de grands sacrifices pour eux, et qu'elle est passée à côté de quelque chose d'essentiel et d'enrichissant : le travail. Les quadragénaires de ma génération ont, le plus souvent, été élevés par ce type de femmes : consacrées corps et âme aux tâches ménagères et à l'éducation des enfants, totalement frustrées par le vide de leur existence. Fatigue chronique, solitude, insatisfaction, excès de table et intérêt obsessionnel pour les enfants : souvent grosses et ballonnées dans des gaines disgracieuses, nos mères étaient des harpies. La merdeuf, elle, fera mieux, elle se l'est juré.

panty girdle, girdle

Pourtant rien n'a vraiment changé, car la principale préoccupation de la merdeuf, ce sont les enfants. La merdeuf type a leur photo sur son bureau au travail, et une autre dans son portefeuille ; elle n'hésite pas à l'exhiber. Elle ne travaille pas le mercredi, car elle doit organiser leurs multiples activités et les conduire l'un à un anniversaire, l'autre au karaté. Elle a tendance à goûter les plats qu'elle leur prépare, aussi songe-t-elle à commencer un régime et boit-elle de l'eau minérale. Elle n'a pas beaucoup de conversation, car elle passe l'essentiel de son week-end à s'occuper de Léa, Mattéo et Jean-Baptiste. Dès qu'on essaie d'entraîner la merdeuf dans une conversation un peu intéressante pour ceux qui n'ont pas d'enfants, elle dévie sur les performances scolaires de son fils, les talents artistiques de sa fille, le niveau comparé des écoles en banlieue ouest de Paris. Bref, elle fait fuir beaucoup de gens, sauf les merdeufs elles-mêmes, qui savent que l'enfant est un sacerdoce qui exige bien des sacrifices, et un don de soi total.

Elle « pose » ses vacances pendant les vacances scolaires, car celles-ci sont longues, dix jours à la Toussaint, deux semaines à Noël, deux semaines en février, deux semaines à Pâques, et deux mois l'été. Près de quatre mois pendant lesquels il faut soit payer de sa personne et être à la maison, soit envoyer les enfants chez les grands-parents, soit les inscrire en colonie. Un petit miracle d'organisation à chaque fois. Heureusement, les 35 heures lui ont permis de « s'organiser » pour être plus souvent chez elle. Cette débauche de congés scolaires a des conséquences importantes sur les habitudes de travail françaises, et explique pourquoi les étrangers pensent qu'en France, on ne fiche rien. C'est vrai, il n'y a pas beaucoup de « bureautiers » dans les entreprises pendant les vacances scolaires. Il est difficile de « trouver un créneau » pour une réunion entre Noël et le Jour de l'An, pendant les vacances de février, à Pâques, au mois d'août et à la Toussaint. Et alors ? La mondialisation attendra, non ?

une débauche de qch ≃ une abondance, une profusion

a gap, a time-slot, à niche

21

Parent avant tout, non merci

Même quand elle dirige une entreprise, vend des millions de disques ou fait un métier passionnant, la femme est censée dire que ses enfants passent avant tout le reste. De plus en plus, l'homme aussi est contraint au parentalement correct. Imagine-t-on les deux principaux candidats à l'élection présidentielle de 2007, Ségolène Royal et Nicolas Sarkozy, avouer que leurs activités politiques passent au premier plan ? Pourtant, vu leur emploi du temps, certaines et certains de nos politiques ne doivent pas passer beaucoup de temps à la maison... C'est le cas de François Bayrou, lui aussi candidat, dont le modèle familial tel qu'il nous est dévoilé par *Le Monde* est le suivant : « Six enfants et Élisabeth, son épouse, qui les a élevés souvent seule à Bordères, pendant que François faisait de la politique à Paris[1]. » Zéro tracas, mais un joli costume de père de famille bien coupé pour les élections, bien joué, François.

En France, nous n'avons jamais eu de président de la République sans enfant. À l'étranger, il n'y en a pas

---

1. *Le Monde* daté du 21 mars 2007, « François Bayrou et son double », par R. Bacqué et P. Ridet.

beaucoup non plus, et des *childfree* comme la chancelière allemande Angela Merkel tranchent. En avoir est manifestement un argument électoral de poids, que les candidats n'hésitent pas à exploiter sur la scène médiatique sous la forme de photos de famille édifiantes. Dans les années soixante, le président Kennedy[1] avait donné le ton. On se souvient de cette image de lui où il est assis à sa table de la Maison-Blanche tandis que son fils est occupé à jouer sous le bureau. L'enfant fait vendre, tout simplement, c'est un panneau publicitaire ambulant qui dit : « Mon père (ou ma mère) est fiable, votez pour lui en toute confiance : puisqu'il a des enfants, il (ou elle) saura comprendre vos problèmes. »

On imagine mal une personnalité reconnaître : « Mon travail passe d'abord, les baby-sitters ne sont pas faites pour les chiens » ; cela serait une erreur de communication majeure, susceptible de saborder une carrière. Mère d'abord, professionnelle ensuite, femme enfin, tel est le tiercé gagnant. Ne cherchez pas à inverser les priorités, cela ne se fait pas. Les propos francs et pleins de bon sens du mannequin Adriana Karembeu, déclarant « Les enfants me font un peu peur. Je crains de ne pas être à la hauteur ou de répéter les erreurs de mes parents » lui ont valu des ennuis.

Pourtant, elle a raison. Toute merdeuf est une mauvaise mère en puissance, et se sent coupable. Le fait de mettre un enfant au monde et surtout peut-être *de l'avoir voulu* est source d'une culpabilité terrifiante. « J'ai créé un être humain, j'en suis responsable » est

---

1. Quel génie de la communication celui-là ! Je me demande parfois si même sa mort spectaculaire n'aurait pas été mise en scène par des conseillers. Un bon moyen de faire croire au monde entier qu'il était un grand homme d'État menacé par les forces du mal, et ce malgré l'échec de la baie des Cochons à Cuba et l'engagement des Américains au Vietnam.

très lourd à porter. Toute mère craint d'être une marâ-
tre ; elle n'en fait jamais assez ; elle ne s'occupe pas bien
de ses enfants ; elle n'est jamais assez disponible ;
jamais assez « d'écoute », jamais assez de petits repas
mijotés à la maison, de menus « équilibrés ». Non,
jamais assez, d'autant que sa propre mère (et les fémi-
nistes) lui a seriné qu'il fallait qu'elle travaille, alors elle
est prise entre le marteau du travail à la maison et
l'enclume du salariat. Elle est coupable, coupable de
rentrer pompée du travail, coupable de ne pas chanter
de berceuse le soir, coupable de piquer une crise de
nerfs au bout de deux heures de hurlements, coupable
d'être soulagée quand elle laisse ses enfants à la crèche
le matin, coupable d'être ravie quand ses enfants par-
tent en classe verte. Pour un peu, elle demanderait pardon à ses enfants. Pardon de ne pas savoir ce qu'est une
« bonne mère », pardon de ressembler sans le vouloir
à la belle-mère de Blanche-Neige.

Qu'est-ce que *désirer* un enfant ? Sait-on ce qu'on
désire quand on désire un enfant ? Veut-on son *bien* ?
La psychanalyse nous apprend que rien n'est plus destructeur que de vouloir le bien de quelqu'un, car c'est
votre propre bien que vous projetez sur l'autre, et puis
vous lui faites un jour ou l'autre payer ce fameux *bien*
que vous tentez de lui imposer. Enfin, vouloir à toute
force le « bien » de l'autre, c'est destructeur, car aucun
parent n'est véritablement à la hauteur de ce qu'il vise
pour sa descendance. À Marie Bonaparte qui lui deman-
dait des conseils pour élever ses enfants, Sigmund
Freud répondait avec lucidité : « Comme vous voudrez,
de toute façon, ce sera mal. »

Jadis, c'est-à-dire il y a seulement quelques décennies, on subissait les enfants comme une fatalité, ce
qui était loin d'être une situation idéale, mais avait le
mérite de décharger les parents d'une responsabilité
trop lourde. Attention, je ne suis pas nostalgique d'un

temps que je n'ai pas connu, mais il est vrai que l'on a tendance à s'occuper davantage, voire à surprotéger un enfant que l'on a désiré. La généralisation de la contraception aurait même eu des effets étonnants selon les auteurs du livre *Freakonomics* : faire reculer la criminalité à New York. Car il semblerait que les enfants désirés s'intègrent plus facilement à la société que les autres. D'ici à imaginer que la pilule et le stérilet ont été parrainés par le grand capital pour avoir une main-d'œuvre plus docile, il n'y a qu'un pas...

workforce,
labour-force

casser les pieds à qn * (= fatiguer)
to bore sb stiff ;
ou (≅ irriter)
to get on sb's nerves,
to be a pain into neck to sb.

22

Barrez la route
aux professionnels de l'enfance

speech therapist

Pour élever un enfant, il faut des experts. Assistante sociale, pédiatre, orthophoniste, psychologue : une véritable colonisation médicale de la famille. Comment faisaient nos grands-parents pour s'en passer ? Notre monde est obsédé par les problèmes physiques, moraux, sexuels, de l'enfance. Petite parenthèse : il est intéressant de remarquer que le transfert des compétences des parents à d'autres personnes a comme parallèle l'expropriation des compétences techniques des travailleurs par la direction de l'entreprise moderne. Ça n'a rien à voir ? Détrompez-vous, un des piliers fondateurs du monde dans lequel on vit est celui-ci : on est submergé de connaissances ésotériques dont de soi-disant spécialistes prétendent avoir les clés.

La famille est sous la surveillance d'un État thérapeutique qui la soumet à un contrôle ininterrompu. Ces gens sont là pour vous casser les pieds, comme tous ceux qui prétendent vous aider. Ils sont là aussi pour vous permettre de savoir ce que la société attend de vous, parents et, elle attend beaucoup. Elle attend tellement qu'il va bientôt falloir retourner à l'école pour apprendre le métier. Non ce n'est pas une plaisanterie,

quel sens d'« attendre » ?
to be waiting for ? to be ready for

87

Ségolène Royal l'a défendu très sérieusement : « Quand les incivilités se multiplient, il faut un système d'obligation pour les parents de faire des stages dans des écoles de parents », a-t-elle déclaré[1].

En attendant d'avoir fait un stage de parent, voici vos devoirs, parents. Il convient que vous ayez de l'autorité, mais aussi que vous « dialoguiez » avec l'enfant. Que vous vous en occupiez des dizaines d'heures par semaine, mais aussi que les deux membres du couple aient un travail rémunéré afin que l'enfant ne soit pas « étouffé » par la sollicitude, souvent maternelle. (C'est surtout vrai en France, parce qu'en Allemagne, il est assez mal vu que les femmes qui ont des enfants travaillent.) Il est important que vous soyez des *alter ego* vertueux, concernés par le bien-être de leur enfant et son respect des valeurs morales. Que vous soyez équilibrés et responsables. Posés et pédagogues. Ouverts d'esprit et capables de stimuler la curiosité de l'enfant. Tout et son contraire – n'importe quoi et son complément. Le but ? Un enfant « structuré » c'est-à-dire bien tenu en laisse. L'idéal : un enfant « cadré », qui « comprend les limites », traduction : rendu suffisamment obéissant par ses géniteurs pour être maniable par les autres.

Toute cette armée d'experts est très bavarde. La pédiatrie, la psychologie, les sciences de l'éducation se consacrent aux problèmes de l'enfance, et leurs consignes atteignent les parents à travers une vaste littérature de vulgarisation. Celle-ci, pourtant de portée intellectuelle limitée, est accueillie à bras ouverts par de nombreuses maisons d'édition. Il est vrai que le créneau est juteux. Au palmarès de la bêtise, se classe dans les premiers *100 recettes pour booster l'intelligence de votre enfant*, dont on taira le nom de l'auteur

---

1. À Bondy, le 31 mai 2006, lefigaro.fr.

par charité. Certains ouvrages sont de véritables best-sellers, comme les opus de la prolixe Edwige Antier (*Attendre mon enfant aujourd'hui, Mon bébé dort bien, Comment aider votre enfant à s'épanouir…*), qui ont détrôné les classiques de Laurence Pernoud. Ces livres sont étudiés avec vigilance par la merdeuf désorientée qui cherche des recettes pour « bien » élever son enfant. Hygiène physique, mentale, elle agit non pas d'après ses propres jugements ou sentiments, mais selon l'image (assez floue) de ce que doit être une bonne mère. Quand elle a l'impression que tous ces bons conseils ne la mènent nulle part, elle allume la télé et regarde *Super Nanny* sur M6. Il s'agit d'une série regardée par cinq millions de téléspectateurs en France dont le sujet, nous dit le site Internet de la chaîne, est « une nounou pas comme les autres qui remet de l'ordre dans des familles en manque d'autorité menacées par le laisser-aller ». En clair, des travaux pratiques pour dompter les chérubins qui dévastent la vie de leurs parents[1].

Les « spécialistes » de l'enfance, véritables gourous des familles, sont très forts pour propager des modes. D'où viennent-elles ? Nul ne le sait. Certaines sont parfaitement fantaisistes. Je me souviens qu'à la naissance de ma fille, il y a une douzaine d'années, il fallait « diversifier » l'alimentation du nourrisson. Avez-vous déjà tenté de faire ingurgiter une cuillère d'épinards en bouillie, du jus d'orange ou du blanc d'œuf mixé à un bébé de quelques semaines ? C'est impossible, mais au milieu des années quatre-vingt-dix, il fallait pourtant essayer, car l'équilibre alimentaire de l'enfant était à ce prix. Prise de tête et crise de nerfs assurées. Quelques années plus tard, le vent a tourné car on s'est

---

1. C'est également un merveilleux antidote contre les enfants : la regarder une fois équivaut à questionner son « désir d'enfant » pendant six mois.

aperçu qu'une diversification trop précoce donnait des allergies à nos chers petits ; on n'a plus exigé d'exploits alimentaires de la part des parents. Et, il y a des modes pour tout, pour la manière de coucher les bébés, pour les changer, pour le type de poussette à utiliser. Non, la science de l'enfant n'est pas au point, et nos experts ont l'air de patauger un peu malgré les grands airs qu'ils se donnent. Faut-il jeter le bébé avec l'eau du bain ? À vous de décider.

1 to wade/paddle/splash about
2 to get bogged down, to flounder
être au point = in focus, completely finalized
(ou) settled, perfected

un livre de cuisine = a cookbook

from recuire =
to recook, to cook again

23

Les familles, c'est l'horreur

Bonté, affection, spontanéité, tel serait le rôle-refuge de la famille. Une retraite sécurisante d'un univers public de plus en plus dominé par les mécanismes impersonnels du marché. La vie de famille, idéalisée, magnifiée, refuge de l'authenticité, qui permettrait la libre expression de la « personnalité », est évidemment une image d'Épinal. Déchirez la carte postale. En fait, la famille moderne est une prison repliée sur elle-même, basée sur l'enfant. La famille, ce sont des engueulades sous le sapin à Noël, des « minutes de vérité » pénibles avec votre belle-mère alors que vous n'avez rien demandé, des haines recuites sur plusieurs générations, des secrets de famille honteux que personne n'ose évoquer mais qui pèsent sur tous. La plupart des meurtres et des actes pédophiles ont lieu dans le cadre familial, c'est tout de même à méditer. Toute famille est un nœud de vipères inextricable.

Bonjour névroses, coucou psychoses. Les rapports enfants-parents ne sont pas de la tarte. Ce n'est pas que de l'amour, c'est aussi de la haine, du ressentiment, de la jalousie, c'est-à-dire des sentiments dont on ne parle pas car *c'est pas bien*. Pourtant, ils sont là, pas besoin de chercher très loin. La psychanalyse s'est montrée lucide sur ce point. Freud a expliqué que le petit garçon voulait tuer son père pour coucher avec sa mère, on ne fait pas plus aimable et plus tendre. Winnicott, de son côté, a énoncé les dix-sept raisons qu'a une mère de détester son bébé : il est un danger pour son corps, il est une interférence dans sa vie privée, il blesse ses seins, il la traite comme moins que rien, il lui fait subir sa loi, il la frustre... On est loin d'une conception guimauve de la maternité. Si vous avez des enfants, il va vous falloir « gérer » ces ambivalences. Beaucoup préfèrent les refouler, c'est peut-être le secret de la parentalité béate. Les enfants y gagnent-ils ? Pas sûr, car de toute façon, à un moment ou à un autre de l'arbre généalogique, il faudra bien que quelqu'un paie l'addition[1]. Et c'est aussi compliqué que dans le sketch de Muriel Robin.

Revenons à votre famille. Avec un enfant, vous allez l'avoir sur le dos. C'est paradoxal, parce que, si vous avez eu un enfant, n'est-ce pas pour payer votre dette à vos géniteurs qui vous ont « donné » la vie ? On pourrait croire que vous êtes enfin quitte – eh bien non. Ce serait trop simple. Parents et beaux-parents vont vous expliquer l'art d'élever un enfant, et vous abreuver de conseils ridicules que vous n'avez pas sollicités. Mais ce n'est rien à côté des reproches voilés, des sous-entendus, et des petites leçons dont le message est simple : vous êtes un parent insuffisant, vous ne savez pas y faire, votre enfant n'est pas « épanoui ». Le petit Jules fait de temps en temps pipi au lit, Alexandre a de l'eczéma, Isodorine n'aime pas sa prof de maths ? C'est votre faute. C'est parce que vous avez déménagé en cours d'année, que vous travaillez trop ou pas assez, que vous vous occupez plus d'Isodorine

---

1. C'est à ça que sert la psychanalyse, à aider les autres à payer l'addition. Oui, c'est cher.

manier = to handle

que d'Alexandre ou l'inverse ; c'est parce que, petit, vous étiez jaloux de votre frère, asthmatique, amoureux de votre sœur ou collectionneur de timbres. *clogs (ou hoofs)*

Le discours psy a frappé fort dans les familles, où toute merdeuf le manie avec des sabots d'éléphant, fière qu'elle est d'avoir dans sa bibliothèque un ou deux bouquins de Dolto (mal digérés). La merdeuf manie un jargon psy simplifié sous forme d'espéranto des familles ; « Il fait son œdipe » (comme on dit, « il fait ses dents ») signifie qu'il aime sa mère, et celle-ci est ravie d'avoir sous la main un petit adorateur de poche. « Il a une mère castratrice » ne s'applique qu'aux autres, qui ont des mères pénibles, jamais à ses propres enfants ; « Il en est au stade anal » peut se traduire par « Il joue avec son caca, c'est dégoûtant mais c'est normal ».

Mais le pire de tout, c'est que vous allez vous faire piéger. Comme votre famille (ou celle de votre conjoint) est une réserve parfois généreuse d'heures de baby-sitting gratuites, vous allez accepter sans moufter (si, si, croyez-moi) ses diktats, ses bavassages, ses leçons et ses considérations psychologiques à deux balles. On se sent moins coupable de refiler le gamin à sa famille qu'à une baby-sitter : celle-ci, cette vile mercenaire, peut rendre service car elle dépanne, mais elle ne les aime pas, vu qu'elle est payée. Dans les deux cas de figure, être débarrassé des enfants quelques heures ou quelques jours est une joie qui se paie. Mais attention, ce n'est pas forcément en argent que c'est le plus cher.

un dépanneur = a breakdown mechanic / dépanner = to help out (≈ tirer d'embarras) (+ personnes)

mouf(e)ter = to blink, to bat an eyelid

blathering, nattering
bavasser (≈ bavarder) = to blather, to natter

refiler = to give, pass over, palm off

[?] ⇒ à deux balles = second-hand, second service.

une vergeture = a stretch mark

faire des ravages =
    to wreak havoc / devastation
(ou) to gain a lot of ground

Maier : plus qu'elle est ironique/sarcastique
plus qu'elle est amusante.
tongue-in-cheek = ironique

24

Ne retombez pas en enfance

Le jeune est le grand prêtre du goût. Le *look* « jeune »
fait des ravages. Nombreuses sont les mères qui tentent de s'habiller comme leurs filles adolescentes. Petit
pull court, nombril apparent. Les goûts de l'enfance
sont devenus ceux de la plupart des gens. Jadis les
petites filles imitaient leur maman et s'habillaient en
dame, maintenant les dames imitent leur fille et
s'habillent en gamine. *Exit*, la femme sexy et mystérieuse comme les stars du cinéma l'incarnaient dans
le vieux temps : on se demande vraiment pourquoi les
couturiers se donnent autant de mal pour vêtir une
femme-femme qui ne veut plus l'être. La preuve, les
mannequins sont de plus en plus jeunes ; il est vrai
que seule l'enfance est sexy, non pas l'âge adulte. On
peut penser que les mannequins de demain seront des
« préadolescentes », car avec cette nouvelle catégorie
sémantique, c'est l'enfance tout entière qui rétrécit et
s'achève plus tôt qu'avant, à dix ans environ. Au-delà,
attention, la péremption menace. *to contract, to dwindle,
shrink/get smaller*

Tout ce qui est destiné à l'enfance est voué à devenir
culte, comme les gadgets Kinder Surprise, devenus
une passion pour adultes, qui s'expose paraît-il dans
les musées : puzzles, figurines, véhicules ou robots à

e.g. Biennale [?] à Venise

(Jur) limitation period

monter, créatures à tirette ou à clapet… Si, si, c'est de l'art, coco, en tout cas c'est un marché, autour duquel gravitent experts, collectionneurs, galeristes, spéculateurs et même… contrefacteurs[1]. L'adulte adore les produits destinés aux enfants, et en détourne un certain nombre à son usage, mobilier pour enfant, motos de poche. Et il miniaturise à tout-va : aspirateur de poche, produits de beauté mini, bébé cave à vin, fûts de bière Heineken XXS. Petit, c'est joli. Le rêve de l'adulte ? Vivre, dans une chambre d'enfant, une vie extra-*small*. Seul avantage : quand on se prend pour un enfant, on n'a pas à s'occuper de ses propres enfants puisqu'on n'en a pas.

Le goût des enfants formate tout le reste. C'est vrai pour les livres. En France, les *Histoires inédites du Petit Nicolas* rencontrent un succès fulgurant, 650 000 exemplaires pour le volume 1, paru en 2004. Un des livres les plus vendus dans le monde est *Harry Potter*, dont il faut, afin d'être au parfum, avoir lu le dernier épisode, et pouvoir le cas échéant en parler avec compétence. Ne pas l'avoir lu, c'est être complètement dépassé. Au demeurant, ce qu'il est convenu d'appeler le « phénomène » Harry Potter (commenté doctement par une flopée de psys, de sociologues et de philosophes) a quand même l'honnêteté de se donner pour ce qu'il est, c'est-à-dire de la lecture pour la jeunesse. Comme le filon est juteux, on voit dans les librairies des rayons entiers de « littérature jeunesse ». On peut parier qu'il y en aura de plus en plus : à quoi bon s'embêter avec des livres difficiles à lire ? « Littérature jeunesse » est un bel exemple d'oxymore, cette formule de style qui consiste à associer des termes contraires. Non, Kafka,

---

1. Curieux comme métier, non ? J'imagine sur une carte de visite la mention « Contrefacteur de jouets Kinder », plus fort qu'une blague belge.

Shakespeare, Proust, Cervantès, n'ont pas écrit des livres pour les moins de douze ans. *se fait émuler*

La mode jeunesse fait des émules. Il y a de plus en plus de livres de littérature pour adultes qui ressemble... à de la littérature pour la jeunesse. La littérature-pour-la-jeunesse-destinée-aux-adultes compte parmi ses fleurons *Antéchrista*, d'Amélie Nothomb, qui raconte l'histoire de deux copines-très-différentes dont l'une est hyperjalouse de l'autre, et *Oscar et la dame rose*, d'Éric-Emmanuel Schmitt, où il est question d'un enfant très-très malade qui rencontre une mystérieuse dame. Accessible dès dix ans, si ce n'est huit pour le second. Très utile, la fonction sociale de ce type de lecture est de donner l'illusion à l'adulte qui ne lit pas d'avoir quand même grappillé des miettes de ce qu'on appelle la culture. Alexandre Jardin, avec son *Zèbre*, avait fait encore plus fort : voilà un livre qui parle à l'enfant qui sommeille en chaque adulte. C'est dans son ouvrage *Les Coloriés* que cet auteur donne toute sa mesure. Il chante comme une nouveauté sidérante l'enfant-roi, la spontanéité de la jeunesse, sa désinhibition naturelle et son innocence. Il s'agit d'un appel à réveiller en nous « sa part la plus authentique », soi-disant écrasée par « la civilisation des grandes personnes ». Bonjour la montée des puérils...

Histoires inédites du Petit Nicolas [2].

échevelé = dishevelled, wild, frenzied

une excroissance = excrescence (duh!), outgrowth, development

«repli identitaire» = withdrawal of identity [?]

pouponner = to play mother or father
un poupon = a babe-in-arms, a little baby

25

Persister à dire « moi d'abord »
est une preuve de courage

= a proof (≅ une démonstration) évidence
≠ une épreuve = a test (≅ un essai)

La famille, c'est un égoïsme à plusieurs. Un égoïsme de groupe, qui nie l'individu. Et elle n'est pas, comme on l'entend parfois, le produit d'un individualisme échevelé. On a souvent présenté l'évolution des derniers siècles comme le triomphe de la liberté sur les contraintes sociales, parmi lesquelles on comptait la famille. Où voit-on de l'individualisme quand toute l'énergie du couple est orientée vers la promotion des enfants ? L'évolution de nos mœurs contemporaines montre au contraire la prodigieuse excroissance du sentiment familial. C'est la famille qui a gagné, au détriment des relations sociales, amis, voisins… Elle est reine, et ce n'est pas bon signe, c'est signe de « repli identitaire », comme disent les médias. L'historien Philippe Ariès le formule ainsi : « Le sentiment de la famille, le sentiment de classe, et peut-être d'ailleurs de race, apparaissent comme les manifestations de la même intolérance à la diversité, d'un même souci d'uniformité. » La famille serait-elle la cellule de base du Front national ?

Nous vivons dans une société de fourmis, où travailler et pouponner modèle l'horizon ultime de la condition humaine. Le travail est l'opium du peuple, les enfants seraient-ils sa consolation ? Une société pour laquelle la vie se limite à gagner son pain et à se reproduire est une société sans avenir car sans rêves. Avoir un enfant est le meilleur moyen d'éviter de se poser la question du sens de la vie, puisque tout tourne autour de lui : il est un merveilleux bouche-trou à la quête existentielle. *Mon fils, ma bataille*, comme le chantait Daniel Balavoine ; c'est bien joli, mais si vous n'avez pas d'autres batailles, votre vie se réduit à pas grand-chose. Le philosophe Kojève disait que « l'animal se définit de ce qu'il épuise ses possibilités existentielles dans la procréation ». Aujourd'hui, beaucoup de parents ne sont pas loin de l'état d'animalité.

Répondre à la question du sens de la vie en se reproduisant, c'est transférer la question à la génération suivante. S'abstenir d'y répondre, ou au moins d'essayer, n'est-ce pas la pire des lâchetés ? N'est-ce pas laisser aux enfants un lourd fardeau ? Et puis, le spectacle d'adultes ayant baissé les bras n'est guère édifiant pour nos chères têtes blondes. Un jour pas si lointain, les enfants ne manqueront pas de juger leurs parents, et le verdict sera sans aménité pour leurs géniteurs, surtout s'ils ont une vie de con. Une vie de con, c'est une existence de petit salarié servile dont la grande préoccupation, faute de mieux, est d'améliorer son psychisme ; de sentir et vivre pleinement ses émotions ; de s'immerger dans la sagesse de l'Orient ; de faire de la randonnée ou de la course à pied pour se « sentir bien dans son corps » ; d'apprendre à rétablir des rapports « authentiques » avec autrui ; de « surmonter la peur du plaisir ».

Heureusement, citoyens, vous pouvez dormir tranquilles, l'ordre règne : les jeunes d'aujourd'hui ont moins de bravitude que ceux de 1968. Pas question pour eux d'aller crier dans la rue qu'on leur a refilé un monde de merde, d'exiger des comptes et de déstabiliser l'ordre pour se venger. Ils sont trop occupés à essayer… de s'intégrer dans la société.

—un bouche-trou = stop-gap, fill-in (≅ remplaçant(e), remplacement)

épuiser — to exhaust

une lâcheté = ~~act of~~ cowardly act/ act of) cowardice (≅ couardise) (ou) lowness (≅ bassesse)

baisser les bras ⇒ to give up, to throw in the towel

un psychisme = psyche, mind (≅ une psyché) /s/

la bravitude ⇒ le courage [?]

refiler* — to palm off, coin off, fob off

exiger des comptes = to demand an account/ a settling of the score (duh!)

se reporter sur q.ch. = transferred
    [the parents] to a version

[?] Céline citation? Origine?

26

L'enfant sonne le glas
de vos rêves de jeunesse

Pendant des dizaines de siècles, il y a eu une forte pression sur les couples afin qu'ils restent ensemble pour élever les enfants qu'ils avaient faits. Il convenait que chacun des membres du couple tourne le dos à ses aspirations afin de rester unis pour élever les enfants. Mais aujourd'hui, comme le théâtral « Je me suis sacrifié(e) pour vous » semble démodé, beaucoup de parents se sont reportés sur une version plus tendance, « J'ai renoncé à mes plus chers désirs pour toi. Pour que tu sois heureux. Épanoui. Pour que tu aies une bonne éducation. Pour que tu puisses faire des études plus tard ». Le refrain change, l'hypocrisie est la même. Ceux qui n'ont pas d'enfants s'étonnent parfois de tant de sacrifices consentis pour des rejetons qui n'ont rien demandé, et se voient répondre : « Tu ne peux pas comprendre, tu n'as pas d'enfants. »

Paraphrasant Céline disant que l'amour, c'est l'infini à la portée des caniches, l'enfant c'est l'immortalité à la hauteur du mouton. Non, l'enfant n'est pas l'avenir de l'adulte. Encore un mensonge inventé par la société pour nous faire tenir tranquilles, et formulé ainsi : vos enfants réussiront là où vous avez échoué, nous leur

grâce à la facture ?

en donnerons les moyens grâce à l'école et à la promotion sociale, c'est garanti sur facture. Le paradis, c'est pour demain, pas pour tout de suite. Le bonheur, c'est pour vos enfants, pas pour vous. En attendant des lendemains qui chantent pour votre progéniture, fermez-la. Un « mon enfant l'aura peut-être » vaut-il mieux qu'un « je le veux, ici et maintenant » ? Cela se discute. — *"that's debatatable"*

De la part de parents qui ont des vies gâchées au nom des enfants, on entend souvent cette phrase : « Je ne peux pas faire autrement, j'ai des enfants à élever. » Je ne peux pas quitter un travail qui m'ennuie, car j'ai des enfants : belle excuse « Je n'ai pas pu réaliser mes rêves, mais j'avais des enfants à nourrir. » C'est terrible de dire ça, non ? Jadis, du temps de nos parents, ma mère disait ceci : « Je ne peux pas quitter ton père à cause de toi. » Je me suis aperçue que c'était un mauvais motif, elle préférait rester à la maison pour enquiquiner mon père et se faire enquiquiner par lui. Il y en a qui choisissent d'être malheureux à deux plutôt qu'heureux tout seul, c'est ainsi.

En fait, les enfants sont souvent une excuse facile pour baisser les bras sans même avoir essayé. La morale de l'histoire : quand on ne fait pas ce qu'on a vraiment envie, on n'a aucune excuse. Ni le travail, ni la famille, ni la patrie.

pourquoi pas CE DONT ici ?

un mauvais motif = a bad/poor motive/raison

enquiquiner = to annoy, to bother (≃ importuner)
ou
to worry (≃ préoccuper)
ou
to bore (≃ lasser)

s'enquiquiner = to be fed up, to be bored
(≃ se morfondre)
= to fret, to mope

27

Vous ne pourrez pas vous empêcher
de vouloir le bonheur de votre rejeton

Le bonheur qu'on souhaite aux enfants, et qu'on leur promet, est une drôle de chose. D'abord, nul ne sait ce qu'est le bonheur. Est-ce le bien-être matériel ? La réussite sociale ? De la picole et des partouzes ? À chacun de répondre comme il peut, car personne ne sait. Le bonheur est apparu au moment des Révolutions française et américaine, et est même inscrit comme un droit dans la Constitution américaine. « Le bonheur, une idée neuve en Europe », disait Saint-Just ; ce qui est sûr, c'est qu'il est un produit de la démocratie, de la massification des modes de vie, et que chacun pense avoir droit à une part du gâteau. Dans un monde d'incertitude, pour reprendre la formule consacrée par les futurologues, il est normal de vivre dans le présent et de se regarder le nombril, c'est ce que Michel Onfray conseille à ses nombreux lecteurs. [?] *amassement ?*

L'expansion du mot a longtemps été soutenue par le progrès, puisqu'on croyait que le lendemain chanterait davantage que le présent. Mais aujourd'hui, promettre le bonheur à un enfant est la preuve d'une mauvaise foi caractérisée. Je ne vais pas vous faire un petit couplet sur l'état de la planète, mais il n'y a là pas de quoi se réjouir. Trou dans la couche d'ozone, réchauffement climatique, ressources maritimes et forestières surexploitées, nous voilà bien. Et surtout vous voilà bien, vous les générations futures, car c'est vous qui allez payer l'addition. On vous refile un bâton merdeux, débrouillez-vous avec, et dites merci : vos parents ont tout fait pour que vous soyez heureux. Certes, ils n'ont pas essayé de changer le monde : ils étaient trop occupés à changer vos couches.

Les parents se démènent pour le bonheur de leurs enfants. Heu-reux. En fait les parents ne promettent pas le bonheur aux enfants, ils l'exigent d'eux. « Sois heureux » est une injonction féroce et obscène, à l'image du surmoi décrit par Freud, qui à la fois donne des ordres et impose de jouir. Jouir, déjà, c'est suspect : dans un système capitaliste, toute liberté aboutit toujours au même point, l'obligation universelle de jouir et de se donner en jouissance. « Profite de la vie, jouis, mon fils » est une injonction piégée. Car le parent dit en même temps à son enfant : « Fais pas ci, fais pas ça, fais plaisir à tes parents. » Si quelqu'un vous assure qu'il ne veut que votre bonheur, méfiez-vous, car cette personne va forcément se sentir en droit de vous sermonner, vous donner des conseils, et tenter de vous faire faire ce que vous ne souhaitez pas. C'est du reste pour cette raison qu'éduquer est une mission toujours vouée à l'échec, parce que vouloir le bien ou le bonheur de l'autre fait des ravages. Le bonheur ? Non merci, sans façon, pas pour moi.

28

L'enfant, un pot de colle

Que faire d'un enfant ? Tout le monde l'adule, mais personne n'en veut. Passer des années à la maison pour s'occuper des enfants, il faut reconnaître que c'est d'un ennui mortel. Contrairement aux pays scandinaves, rien n'est fait en France pour que la merdeuf l'emmène avec elle au restaurant ou au cinéma. Elle mène donc une vie monacale, rythmée par les couches, le bain et les biberons. Très vite, pouponner s'avère plus fatigant que d'aller travailler. Il est donc plus malin, quand c'est possible, de regagner son emploi de bureau planqué et de faire mollement semblant de bosser. Au moins on peut être assis tranquillement toute la journée, aller au club de gym entre midi et deux, se détendre à la pause-café, envoyer des e-mails, téléphoner à ses copains pendant deux heures sans être dérangée. Je soupçonne du reste que c'est la raison pour laquelle tant de femmes retournent travailler après avoir eu des enfants : la norme en Europe, c'est la femme qui travaille. Ici, je parle au féminin car, dans notre société, c'est encore et toujours la femme qui assume l'essentiel du travail d'élevage des enfants. Les hommes, plus malins ou plus paresseux, ont toujours réussi à se défiler.

107

Travailler, oui, mais il faut donc les faire garder. Comment accommoder l'enfant avec votre emploi du temps ? Une garde à domicile revient cher. Les problèmes commencent. Il n'est pas facile à caser, le bougre. À croire que toutes les crèches, garderies et écoles affichent complet au moment précis où vous cherchez à faire faire le travail par d'autres, celles dont c'est le métier. D'abord il faut s'y prendre à l'avance car, vous allez vous en apercevoir, il y a toujours plus de demandes que de places, c'est la loi d'airain de la structure d'accueil pour enfants. C'était déjà comme ça quand j'étais petite, mais on pouvait encore croire que le baby-boom y était pour quelque chose : aujourd'hui, c'est « structurel ». Et cela vaut de la crèche à HEC, en passant par le séjour de ski « ados » au comité d'entreprise de votre boîte. Même pour les adultes, il n'y a de place nulle part (ce qui explique que ceux qui en ont une s'y accrochent). Pour les clochards non plus, tous les bancs publics ont été enlevés, ce n'est probablement pas un hasard. Circulez, allez vous faire voir plus loin. Aussi 70 % des enfants de moins de trois ans sont-ils gardés à la maison, généralement par leur mère.

La place en crèche, mode d'emploi : faire le siège de la mairie et répondre à des questionnaires extrêmement détaillés, si ce n'est carrément intrusifs. « Combien gagnez-vous ? Et votre conjoint ? Vous n'êtes pas mariée ? Niveau d'études ? Profession ? Horaires habituels de travail ? Propriétaire de votre logement, ou locataire ? Combien de pièces, votre appartement ? Vous y vivez à combien ? Vous avez de la famille dans le quartier ? Des problèmes de santé ? » Et je passe les questions ésotériques, du genre « Coefficient familial ? AIL, APJE ? ». Un véritable interrogatoire de police. Pour être débarrassé de son fardeau de huit heures du matin à dix-huit heures, que ne ferait-on pas ?

Les difficultés continuent à l'étape suivante, celle de l'école. Elle est obligatoire, mais scolariser un enfant n'est pas si simple. Comme à la crèche, on manque de places car « nos effectifs sont au complet », « vous êtes sur liste d'attente », et on vous fera une fleur si on l'accepte. Surtout si vous voulez le mettre dans la « bonne » école – ou parfois simplement dans la moins mauvaise du coin. Dans certains quartiers dits pudiquement « mélangés » (ceux dotés de pauvres, HLM et ZEP), le parent a le choix entre être un bon parent et être un bon citoyen. Généralement, il opte pour la première option. Dès lors qu'en France on ne peut pas choisir l'école de ses enfants, il faut se livrer à des contorsions si on veut choisir un peu quand même, mais sans en avoir l'air et sans se faire prendre. Il va alors falloir de la patience, du doigté, de l'entregent, plusieurs visites au rectorat, parfois une fausse adresse et une petite dose de malhonnêteté pour éviter l'école où aucun de vos voisins ne veut mettre ses rejetons. Oui, l'école est une machine à trier, un formidable dispositif d'attribution des privilèges sociaux qui renforce les divisions entre les classes tout en promouvant hypocritement l'égalité. Liberté, Égalité, Fraternité, mais on reste entre nous. L'élitisme républicain, encore un bel oxymore : il y a des écoles élitistes d'un côté, et des écoles « républicaines » (qui accueillent tout le monde) de l'autre, mais elles n'accueillent pas les mêmes élèves. Enfant, à la niche, mais pas n'importe quelle niche.

le dressage [d'animal sauvage] taming;
        [de jeune cheval] breaking in;
        [pour le cirque] training

abruti, e (* = bête) idiotic, moronic
le moule = the ~~mott~~ mould (duh)

pactiser : Péj, ≈ se liguer avec
to make a deal with [an enemy, e.g. le diable]

29

L'école, un camp disciplinaire
avec lequel il faut pactiser

L'enfant va passer *to spend most of his time* le plus clair de son temps à l'école. Cela le « socialise », disent les parents, ce qui signifie que c'est bon pour lui même s'il n'apprend rien, au moins il joue avec ses copains. L'école n'est pourtant pas le lieu de la franche camaraderie ou de la libre expression : au contraire, elle est le royaume du contrôle social. À partir de six ans, quand l'école maternelle s'achève et que les choses sérieuses commencent, ça ne rigole vraiment pas. C'est à la fin du XVIIᵉ que ce qu'il faut bien appeler un régime disciplinaire s'est mis en place. Tout comme les fous, les pauvres et les prostituées, les enfants (qui vivaient auparavant au milieu des adultes) ont subi un processus d'enfermement. La quarantaine de l'enfant s'appelle l'école, le collège, le lycée.

L'école est un lieu de dressage et d'endoctrinement. Elle est calibrée pour les Français moyens, ni trop brillants ni trop abrutis, et conformes au modèle. Ceux qui sont bien dans le moule, qui apprennent à lire l'année où on leur dit d'apprendre à lire, et pas l'année d'après. Ceux qui acceptent de faire des exercices stupides sans demander pourquoi. L'école est

those who conform to the norm

très normative. Elle sert à formater les gens pour le travail, une routine qui n'exige pas de compétences techniques ou intellectuelles particulières. La société industrielle exige un peuple abruti, résigné à effectuer un travail sans intérêt et à ne chercher satisfaction que dans les heures consacrées aux loisirs. L'école en est une merveilleuse antichambre.

En ce lieu de contrainte règne l'instituteur, ou plus exactement l'institutrice, qui est généralement quelqu'un qui n'aimait pas l'école étant petite, sinon elle aurait fait des études plus brillantes, aurait un métier plus intéressant et mieux payé. L'instit de base est donc souvent une aigrie formatée à la langue de bois épouvantable des IUFM, les instituts de formation des maîtres : un ballon y est nommé « référentiel bondissant », un élève l'« apprenant ». Ces gens utilisent des mots incompréhensibles, comme le « triangle didactique ». Ils sont prompts à détecter la déviance et orientent à tout-va leurs élèves vers une armée d'orthophonistes et de psychologues, en pensant ainsi se défausser d'une partie de leur travail. C'est avec ces personnes que le parent devra conclure un pacte de non-agression, et ce n'est pas toujours facile.

On imagine que l'enfant doit être assez perplexe ; le fonctionnement de l'école est en contradiction totale avec le discours familial centré sur l'épanouissement. Le boulot que les parents ne font pas, c'est à l'école et à la société de le faire. À l'école, on ne veut voir qu'une seule tête ; si par hasard celle de votre gamin dépasse, c'est le parent qui va se faire réprimander – premier stade avant l'exclusion de l'enfant. Il m'est arrivé de me faire remonter les bretelles par un instituteur dans un préau d'école, entre un buste de Marianne et un amoncellement de bancs en bois. C'était de ma faute si mon fils ne s'intéressait pas au cours, s'il se battait à la récréation, s'il oubliait

112

ses affaires chez lui. Je faisais mal mon métier de parent. J'avais l'impression d'être en face d'un juge d'instruction. Et j'étais là, muette, obligée de prendre un air contrit, tant j'avais peur qu'il soit exclu. Tant je craignais de devoir trouver, en catastrophe et en cours d'année, une école privée qui veuille bien l'accepter... C'est dur, dur, d'être un parent d'écolier. Surtout d'un écolier « atypique », traduisez celui qui ne veut pas rentrer dans la petite case : il paraît qu'il y en a de plus en plus.

Si l'école ne parvient pas à mettre au pas l'enfant, la société s'en chargera. Sur le mode de la répression, cette fois. En 2005, Nicolas Sarkozy, alors ministre de l'Intérieur, avait inscrit dans son avant-projet de loi sur la prévention de la délinquance le principe d'une « détection précoce des troubles du comportement » chez le jeune enfant « pouvant conduire à la délinquance » l'adolescent. Ce qui signifie quoi ? Qu'en tout enfant pas « normal » (asocial, agité...) sommeille un délinquant en puissance, et que la société a le devoir d'éradiquer le mal à la racine. Bonjour la parano sécuritaire... Un délire qui s'appuie sur un rapport de l'INSERM : vive la science, meilleure alliée du flicage généralisé. Grâce à une pétition intitulée « Pas de zéro de conduite pour les enfants de trois ans » et à la condamnation du Comité consultatif national d'éthique, le projet de loi a été mis à la poubelle. Mais le ton est donné.

Laxiste, la France ? Allons donc. Le discours déplorant le soi-disant « laxisme » et les dégâts causés par mai 1968 ne tient pas debout. Au contraire, c'est l'absence de jeu, de souplesse et même de désordre qui rend cette société irrespirable. Celles et ceux qui ne rentrent pas dans les catégories prévues pour eux sont d'abord mis à l'écart, puis sanctionnés, enfin purement et simplement abandonnés à leur sort. C'est ce

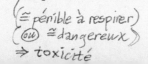

sauvageon, -onne = little savage

[?] qui se passe dans certaines banlieues : sauvageon, —dégage. Ou alors fous ta cagoule, comme dans la chanson du même nom, qu'on ne voie pas ta sale tête. Vive le modèle français d'intégration, qui parvient à désintégrer tous ceux qui ne sont pas intégrés.

[?]⟹ shove off   une cagoule = a hoods hoodie

de ou par surcroît (≃ de plus)
= what is more, moreover, into the bargain

la mauvaise volonté = ~~good will~~
↗ unwillingness
bad grace,
lack of goodwill

30

« Élever » un enfant, mais vers quoi ?

ici =
≃ médiocre
≃ médiocre

Dès six ans, l'enfant rapporte de l'école des devoirs. Des devoirs qu'il n'a aucune envie de faire, et on se met à sa place. Exercices de grammaire rédigés en jargon pédagogique, « autodictées », poèmes indigents à apprendre, rien ne manque pour rajouter une couche de corvée à l'agenda déjà chargé… des parents. De surcroît, tout ce que l'enfant n'a pas compris à l'école doit être réexpliqué à la maison. Les devoirs, devinez qui s'y colle ? Souvent, c'est la merdeuf. Il est à souhaiter que sommeille en elle une vocation d'institutrice frustrée, parce qu'elle va y passer de nombreuses heures par semaine jusqu'à ce que l'enfant soit « autonome », ce qui peut advenir assez tard. Bien souvent, la merdeuf est tellement exaspérée par la mauvaise volonté de l'enfant qu'elle fait les devoirs elle-même, ça va plus vite.

Il m'est arrivé certains soirs de perdre une heure et demie pour venir à bout des devoirs. Pourtant, mes enfants étaient scolarisés dans une ZEP (Zone d'éducation prioritaire, traduisez école pour les pauvres) où, si mes informations sont exactes, l'« équipe pédagogique » est moins exigeante que dans une très sélecte école des beaux quartiers. Les aider à faire leurs devoirs pendant des années a été une corvée sans nom ; il faut dire qu'enfant, j'ai détesté l'école, qu'expliquer m'ennuie, et que je n'aime pas me répéter. Avec mes enfants, j'ai eu l'impression de redoubler toutes les classes tant abhorrées, jusqu'à ce qu'un jour, à bout de nerfs, j'ai finalement lâché prise et leur ai dit : « Les enfants, débrouillez-vous tout seuls, et advienne que pourra. » Leurs résultats scolaires sont aussi médiocres qu'avant, mais au moins j'ai cessé de labourer le sol aride du savoir.

Le scandale des devoirs à la maison est double : d'abord, les devoirs écrits sont théoriquement interdits dans le primaire, mais les enseignants font semblant de l'ignorer, probablement pour se donner un air important. Ensuite, il est évident que les devoirs sont un facteur aggravant de la fracture sociale et culturelle, car seuls les enfants qui ont un parent à la maison pour les aider (ou une aide rémunérée pour le remplacer) peuvent en venir à bout. Pourquoi les parents acceptent-ils ce cauchemar ? Parce qu'ils ont l'impression que c'est « bien » pour leurs enfants, qu'ils « apprennent des choses » qui leur seront un bagage précieux pour l'avenir. J'ai d'abord cru naïvement que seule une petite minorité de revanchards du savoir acceptait sans rechigner de se transformer tous les jours en précepteur(trice). Je me suis aperçue au bout de quelques années que c'était toute la France qui était saisie du même virus des « bonnes vieilles méthodes » de grand-papa : débats autour de l'apprentissage syllabique[1], retour de l'uniforme, prêchi-prêcha sur l'effort et le travail, remise en cause de la mixité scolaire. À quand la plume d'oie et les coups de règle sur les doigts ?

1. C'est une méthode d'apprentissage de la lecture qui part du « B. A. BA », contrairement à la méthode globale, adoptée dans les écoles à partir de 1968.

Mais l'école ne suffit pas pour accompagner l'ascension de l'enfant vers les lumières du savoir. Tout parent des classes moyennes qui se respecte pense que l'enfant doit lire. Il se pose donc avec angoisse cette question cruciale : « Comment faire lire mon enfant ? » C'est un véritable défi, car en dépendent le développement personnel du cher petit, le progrès de son intelligence, l'essor de son imaginaire. On voit des caricatures de franchouillards, totalement incultes et lisant à peine un livre par an (en plus, il faut voir lequel), pérorer sur l'importance de la lecture. Les mêmes resservent à leurs rejetons cette phrase qui nous a été tant rabâchée, et qui n'est plus vraie dans un monde où un plombier gagne davantage qu'un médecin généraliste moyen ou qu'un avocat : « Si tu as de bonnes notes à l'école, tu auras un bon métier plus tard. »

En fait, la lecture est la meilleure ennemie de la réussite. Le malentendu est total : les enfants qui aiment vraiment lire deviennent des barjots, j'en suis la parfaite illustration. Quand j'étais enfant, rien d'autre ne m'intéressait, ni l'école, ni la musique, ni les promenades, ni les vacances. Résultat : je suis asociale et incapable de « travailler en équipe ». La vraie passion pour la lecture rend-elle inapte au service des biens ? Allez, j'exagère un peu, souvent les enfants qui aiment vraiment lire deviennent juste des supplétifs de l'intelligence, des intermittents de la culture, des grouillots d'édition, des bibliothécaires ou des pigistes mal payés et mal considérés. De toute manière, ce sont des gens surinstruits par rapport à tous les boulots disponibles sur le marché. Pour ces éternels aigris, toute réunion d'entreprise est une torture, « boucler un projet » une corvée assommante, un entretien d'évaluation avec un manager le choc de deux mondes. Ces déclassés sont nombreux, mais

117

voués à l'extinction, car les jeunes lisent de moins en moins, surtout ceux issus de formations « prestigieuses », grandes écoles ou autres. Allons, l'élite de la nation n'a que faire des livres et de la culture, *vade retro, Satana.*

[handwritten annotations:]

doomed to

Get thee hence, Satan

un issu de + [parents]
= LOC ADJ
= born of
≃ [être] né de
+ [parents]
≃ rejeton(s) de

dans quel sens [?]
apprentissage ?
~~édure~~

susciter = to arouse, to incite
≃ donner naissance à / ≃ provoquer

la daube = [1] stew, casserole.
[2] ≠ (≃ nullité) = crap.

seriner "We've heard it over & over again."
seriner q.ch. à q-un = to drum sth into sb.
(≈ rebattu)

31

Fuyez la neutralité bienveillante
benevolent, kindly

Le bébé est une personne, on nous l'a assez seriné.
Ce sont les psys qui nous ont mis cette idée en tête.
Freud d'abord, le premier à avoir, dans le cadre de sa
pratique, donné la parole à un enfant (le petit Hans),
puis Dolto, Winnicott... On était pourtant loin des pas-
torales et, s'ils ont su écouter le jeune enfant, c'était à
leurs risques et périls, car ces pionniers étaient prêts à
accueillir une parole qui dérange. Mais pas mal d'éducateurs d'aujourd'hui pensent que communiquer avec
l'enfant ne sert qu'à une chose, l'intégrer au monde,
faire qu'il « se sente bien », qu'il « s'exprime ». Bref, la
parole qu'ils utilisent et qu'ils suscitent est purement
décorative, elle n'a aucun effet, aucune conséquence.
Elle a la même fonction que la communication d'entreprise : échanger de la daube avec conviction.
    Sa fonction est aussi instrumentale. Son but ?
Essayer de faire obéir les enfants. C'est difficile, car
les parents ne donnent plus d'ordres à leurs enfants.
Ils expérimentent des moyens plus subtils de les faire
tenir à leur place. Les parents ne disent plus « non »
à Eliott ou à Ursule parce que, d'une façon générale,
on ne peut plus dire non. De même, votre chef ne vous
dit plus « non », il dit « peut-être » ; votre banquier va

« étudier votre dossier », pour finalement cracher du bout des lèvres, avec regret mais c'est vraiment parce que vous insistez pour avoir une réponse, « Je crois que ça ne va pas être possible ». Il n'y a plus rien dans le monde qui dise non. On a tout vu, tout exploré, des planètes les plus lointaines aux parties les plus secrètes du corps. On a même fait la lumière sur le processus de la reproduction. Sur les désirs, sur l'inconscient, pas encore, mais les neurosciences, paraît-il, planchent sur le sujet. Qui est-ce qui peut encore nous dire non, aujourd'hui ? Le terroriste, peut-être. D'ailleurs, il ne se contente pas de dire non, il ajoute « merde », pour faire bonne mesure.

Pour être un « bon » parent au sens où la société l'entend, il faut être neutre ; il a envie de décorer sa chambre avec un immonde poster des Megadeath ? Elle collectionne les autocollants Diddl et en colle partout ? Il ou elle aime manger toujours la même chose, refuse les crudités, son plat préféré est le hamburger-frites de chez McDo ? Votre visage doit rester imperturbable, et n'exprimer aucun jugement de valeur, car cela pourrait « traumatiser » l'enfant. Tout est recevable, il doit pouvoir « trouver son espace ». Dans la société d'aujourd'hui, cela ne se fait pas d'éructer : « Enlève ces immondices de ta chambre, jusqu'à nouvel ordre c'est moi qui décide ici car c'est moi qui paye le loyer », ou encore « Qu'est-ce que c'est que ces mièvreries ? » Quelqu'un qui s'intéresse à des trucs aussi stupides ne peut pas être la chair de ma chair, le gène a dû muter ». Le parent, tel le manager, doit rester calme en toutes circonstances, et montrer sa capacité d'écoute.

Pas de violence surtout, frapper un enfant est devenu inconcevable. En Scandinavie, les châtiments physiques dans les familles sont carrément interdits. Un livre comme *Le Bébé de Monsieur Laurent,* où le fécond et ricanant Topor imaginait une histoire absurde et comique de bébé cloué sur une porte, ne pourrait probablement pas voir le jour aujourd'hui (l'ouvrage n'a du reste pas été réédité). Quant à moi, faute d'aptitude au maniement du marteau, j'ai, je l'avoue, giflé mon fils. Je le sais, ces lignes sont susceptibles de choquer un public sensible et de me valoir une dénonciation à la Ligue des droits de l'enfant. Voici les faits. Mon fils courait partout en hurlant à la bibliothèque municipale, dérangeant tout le monde et refusant d'écouter mes réprimandes. Je l'ai giflé. Mal m'en a pris : une dame bien intentionnée m'a expliqué qu'il était monstrueux de frapper les enfants. Quand je lui ai demandé de s'occuper de ses fesses, elle a menacé d'appeler la police. Avoir des enfants, c'est risquer gros avec les autorités et avec l'opinion publique.

hurler = to scream ≅ crier

un(e) passant(e) = a passer-by

⇒ "Mind your own bus." (ou) "Go fuck yourself" [?]
(ou) "Up yours!"

— admissible, allowable (≅ acceptable)

— to eructate (DUH !)

— insipidness, mawkishness, sentimentality

babiller = to chatter, babble

un rot = belch, burp ($\cong$ un renvoi)
to be squeamish *about* = facilement dégoûté *par*

faire les guignols $\Rightarrow$ to clown about
un guignol (= une marionnette)
~~(= spectacle)~~
ou (un spectacle de marionettes)

32

La parentalité est, hélas, une chanson douce] *

Toujours content, gai, souriant. Même quand il pleut, quand on subit les brimades de ses collèges ou quand votre oncle préféré vient de mourir. Au travail, ceux qui sont en contact avec la clientèle sont supposés montrer un enthousiasme permanent (sur ce point, la France a encore de gros progrès à faire, on ne sait si l'on doit s'en réjouir ou s'en plaindre).

À la maison, il en est de même. On répète aux parents qu'ils doivent « éveiller » leur enfant dès son plus jeune âge. Il convient de converser avec lui, de s'exclamer « bravo » quand il babille, de le faire jouer, de lui lire des livres dès le plus jeune âge, de lui chanter des chansons en faisant « ainsi font » avec les mains, de transformer le moment du repas en « un moment convivial et agréable », d'exprimer de la joie et de l'intérêt devant la résonance d'un rot, le contenu d'une couche. Pour réussir une telle performance tous les jours, il faut soit être idiot, soit se gaver de Prozac. Voir ses parents faire les guignols à longueur de journée rend-il les enfants intelligents ? J'ai des doutes. Peut-être cela les rend-il complètement stupides. Une piste pour expliquer la fameuse et souvent rebattue

une piste ① (≃ traces) tracks, trail
② (Police ≃ indice) lead
③ (fig.) avenue
④ course, track, ainsi qu'une floor, etc.

rebattue
reshuffled ⇒
harped on about
(≃ seriné)

« baisse du niveau » des écoliers qui préoccupe tant les pédagogues depuis… l'Antiquité ?

Quand il sera un peu plus grand, il conviendra de donner l'exemple. Au quotidien, c'est dur. Se bâfrer de tartines au Nutella sur le canapé, fumer du shit en rentrant du boulot, se siffler une bonne (ou une mauvaise) bouteille au lit n'est pas un spectacle édifiant pour un enfant. Traîner chez soi avec les cheveux gras et un peignoir sale n'est pas non plus un exemple susceptible de faire de lui un adulte responsable et positif. Comment, dans un tel contexte, pourrait-il « se construire » ? Éclater en sanglots en sa présence parce que Josyane vous a fait une crasse ou parce qu'une promotion vous est passée sous le nez est à déconseiller. Et je ne parle pas du crêpage de chignon avec votre moitié, accompagné de son lot de hurlements et de reproches, autant de scènes qui condamnent votre enfant à des années de divan, si ce n'est à l'alcoolisme et à la délinquance.

Le plus difficile est de tenir devant lui un discours aseptisé sur la société dans laquelle il vient d'entrer. Il faut essayer quand même. Il faut lui parler des « valeurs » (honnêteté, égards vis-à-vis de l'autre, fidélité envers la parole donnée), même si ce sont des choses qu'il faut surtout *ne pas* respecter pour gravir les échelons d'une société de concurrence et de compétition. Il convient de lui expliquer l'égalité homme-femme en lui achetant des jouets antisexistes (poupée pour les garçons, panoplie de petit chimiste pour les filles, livre pour enfants expurgé de stéréotypes d'un autre âge), même si, à la maison, il n'y a pas vraiment d'égalité. N'oubliez pas que les parents sont les *missi dominici* de l'empire du bien. Les majordomes de oui-oui-land. Conformisme et jugement moral de rigueur. Le détachement, le scepticisme sont mal vus. Vous êtes pessimiste de nature, voire par moments un peu dépressif ? Vous vous interrogez sur le sens de la vie,

124

sur le poids du mot « démocratie », sur « les valeurs émancipatrices de la République » ? Faites un travail sur vous-même afin de bannir la négativité mortifère. Quand on a des enfants, il faut donner le change et s'efforcer, en toutes circonstances, de tenir un discours propre et amical, un discours *citoyen*. Sans aspérités. Neutre. Compassionnel. Digne du JT. Une musique douce émaillée de paroles positives, comme le discours politique. C'est ce que la société attend des parents, même si beaucoup faillissent tant la charge est lourde. Si vous souhaitez devenir parent malgré ce livre, il faut commencer à vous exercer dès maintenant devant la glace, car c'est du boulot. Je conseille l'inscription à un cours de théâtre, dont l'intitulé pourrait être : « Faire bonne figure devant ses enfants et leur donner une image positive de la société dans laquelle ils vivent ». Être parent n'est pas un jeu d'enfant, c'est un jeu d'acteur.

postuler = to apply for [a post / un emploi] ———

enfanter = to give birth to

une marmaille* = a gang ⓞⓤ horde ⓞⓤ brood
              of kids* / brats*

33

La maternité est un piège pour les femmes

Le culte de l'enfant pèse lourd sur les femmes. La femme française moderne est nécessairement une mère, une femme qui travaille et une compagne. De préférence, elle est mince. Il faut reconnaître que cela fait beaucoup. D'autant que les femmes se collent 80 % des tâches ménagères. À la sortie des écoles, on voit surtout des femmes, de même qu'aux réunions de parents d'élèves, et chez le pédiatre quand un enfant a une bronchiolite ou la varicelle. La maternité signifie pour beaucoup de femmes rentrer plus tôt le soir pour s'occuper des enfants, rater les réunions stratégiques qui ont lieu après dix-neuf heures (elles ont toujours lieu après dix-neuf heures), refuser (ou ne pas postuler) des emplois plus intéressants mais chronophages.

Si les femmes n'ont tenu, jusqu'à une date récente, que si peu de place dans l'histoire culturelle de l'humanité, c'est tout simplement parce qu'on leur a refilé le sale boulot, celui d'enfanter dans la douleur et d'élever la marmaille. Jusqu'au xxe siècle, peu de femmes se sont illustrées comme écrivains, peintres, musiciens, scientifiques. Faire des enfants était peut-être un substitut : « créer » un être humain a pu être vu comme

chickenpox

time-consuming

palmed off [onto women]

guère étonnant!
"il n'est guère étonnant que... + subj."

127

l'équivalent de la création d'une œuvre. Substitut ou pis-aller ? La « création » par la maternité est à la portée de toutes ; une vraie démocratie de l'utérus. Certaines ont préféré s'exprimer par des voies plus exigeantes, et Hannah Arendt, Simone Weil, Marguerite Yourcenar ou Simone de Beauvoir n'ont pas eu d'enfants. Pour Beauvoir, c'était un choix, car elle pensait qu'on ne pouvait pas être à la fois une intellectuelle et une bonne mère. Dans *Le Deuxième Sexe*, elle définit la maternité comme un obstacle à la transcendance.

Peut-on imaginer du neuf en torchant des derrières, donnant des biberons et faisant réciter des tables de multiplication ? La question est toujours ouverte. Il faut reconnaître que les tâches prosaïques et abrutissantes inhérentes à la maternité sont quand même un sacré frein pour déployer les ailes de géant de la pensée. Les femmes sont-elles les victimes d'un ordre injuste édicté par les hommes, ou bien les victimes de leurs propres enfants, qui sont autant d'excuses pour ne rien créer, ne rien accomplir ? Je ne tranche pas, je rêvasse dans mon coin : qui sait ce que je serais devenue si je n'avais pas d'enfants, si j'étais moins empêtrée dans l'intendance, les courses à faire et les repas à distribuer ? J'avoue que je n'attends qu'une chose : que mes enfants passent leur bac pour pouvoir enfin consacrer davantage de temps à mes petites activités créatives. J'aurai alors cinquante ans. Plus tard, quand je serai grande, pour moi la vie va commencer.

torcher = to wipe, clean (duh!)

abrutissant, e = mind-destroying

rêvasser = to daydream, to muse (littér)

(s')empêtrer = to get tangled/caught up in

(gén) the day-to-day problems of running a house (ou) comp maternal support

niais, niaise [ADJ] silly, inane

34

Materner ou réussir, il faut choisir

*pas
vrai !*

Les mères qui travaillent en Europe sont aujourd'hui
une majorité : un progrès peut-être, mais certainement pas une promotion, car bien peu réussissent pro-
fessionnellement, malgré une politique sociale qui
favorise les familles avec enfants. La femme française
est, certes, enviée par le monde entier (crèches, subsides de l'État, congés maternité généreux...), mais la
différence de salaire entre hommes et femmes
demeure en moyenne de 27 %. Devenir mère veut dire
perdre en argent. Le temps que la merdeuf passe avec
ses enfants, à préparer des repas, passer l'aspirateur
et faire réciter des fables niaises, elle ne le passe pas
à travailler. Selon une économiste, les femmes perdent
en moyenne 100 000 à 150 000 euros sur l'ensemble
de leur carrière à élever leurs enfants.

Et si 80 % d'entre elles travaillent, seules 30 % accè-
dent à des postes de responsabilité. Un peu mieux
qu'en Allemagne et surtout qu'en Italie, mais moins
bien qu'au Royaume-Uni et surtout qu'aux États-Unis.
Vous connaissez beaucoup de P-DG d'entreprise, de
patrons de presse, de députés femmes ? Le fameux
« plafond de verre » les empêche d'accéder aux postes
à responsabilité, et ceux-ci ont tout de même un avan-

CHECK SP : ↓
[?] et comparé à la Suède ?

tage : plus vous montez haut dans la hiérarchie, moins vous avez d'idiots au-dessus de vous. On ne peut s'étonner que les biographies de femmes qui ont « réussi » ne manquent jamais de signaler le nombre d'enfants qu'elles ont eus. Ils sont autant d'obstacles qu'elles ont dû franchir pour faire de leur vie quelque chose d'intéressant : c'est à peu près comme courir un marathon avec des poids de cinq kilos (par enfant) aux pieds.

Aussi, la maternité est-elle souvent synonyme d'emploi à temps partiel sans perspective et sans espoir de promotion : 31 % des femmes sont aujourd'hui à temps partiel. Pour celles qui travaillent, beaucoup d'entre elles œuvrent dans le tertiaire peu qualifié, dans le secteur public, au mieux dans l'Éducation nationale, autant d'activités peu payées mais qui laissent du temps pour faire son devoir parental. Pour les femmes, le marché implicite, c'est : « Tu as un boulot pas terrible, mais tu as le temps de t'occuper des enfants, de quoi te plains-tu ? » Quant aux moins diplômées, des aides financières bien intentionnées les ont carrément incitées à quitter le marché du travail.

Qu'on ne vienne pas me parler des « nouveaux pères », plus impliqués à la maison que les générations précédentes de mâles. C'est vrai, ils savent changer une couche et donner le biberon. Ce n'est pas pour autant qu'ils sacrifient leur carrière. La preuve : quand les hommes deviennent pères, leur activité professionnelle augmente et ils s'investissent davantage dans leur emploi – contrairement aux femmes. Des études montrent que les hommes qui font de brillantes carrières sont souvent des pères de famille bardés d'enfants, alors que les femmes qui réussissent le mieux sont fréquemment sans enfant. Pas de doute, les enfants sont un accélérateur de carrière pour l'un, un boulet pour l'autre. La preuve : dans le gouvernement espagnol de Zapatero, il y avait début 2007 huit hommes et huit femmes ; les premiers totalisaient vingt-quatre enfants, les secondes seulement cinq. (Non, que le lecteur se rassure, ce n'est pas un problème de mathématiques pour les enfants-des-écoles.) Vous voulez l'égalité femme-homme ? Commencez par cesser d'avoir des enfants.

———« marché » dans quel sens ? [?]

— bardée de = barded, bedecked wy, clad

en catimini = on the sly, on the quiet

= Adj.
Stakhavonist, = N, stakhanovrte

~~dansles~~ ~~autre~~ ~~les~~ poignées d'amour = ~~les~~ love handles

gloser sur = to ramble on about
~~gloses~~ gloser = to annotate, to gloss (duh!)

cavaler $\tilde{=}$ courir

se faire la malle $\overset{VI}{=}$ to clear of / pack off
                                    make o.s. scarce.
une malle = a trunk.

Quand l'enfant paraît,
le père disparaît

Le père, ce n'est plus ce que c'était. Ce n'est plus le père de droit divin, qui fait la loi à la maison, et devant lequel tout le monde file doux. Celui-là, on ne sait pas ce qu'il est devenu, il s'est éclipsé en catimini, main dans la main avec le stakhanoviste, dont on n'a plus de nouvelles non plus. Le père d'aujourd'hui est souvent un bonhomme de quarante ans un peu chauve, doté de poignées d'amour, passablement désillusionné sur le monde et lui-même. Il peine à raconter sa journée le soir quand il rentre tellement ses enfants lui coupent la parole tout le temps, et tellement lui-même s'ennuie au boulot.

De nombreux sociologues et psys glosent sur la mort du père, et sur le déclin de l'autorité. En fait, ce n'est pas le père qui est mort, c'est la parole ayant le pouvoir de faire cavaler les autres qui s'est fait la malle. Nous ne vivons pas pour autant dans une société permissive, bien au contraire ; simplement l'obéissance nous est imposée par des processus, et non par des personnes. Dans les années soixante-dix, Christopher Lasch, philosophe américain en avance sur son époque, a théorisé l'idée que le moment actuel se caractériserait par « un paternalisme sans père » : on ne peut pas se retourner contre les pères d'aujourd'hui, car ils continuent à se vouloir *cool* et ouverts, mais sans assumer une position d'autorité et de loi. Parallèlement, le paternalisme fleurit, à la guise de l'État providence, d'un système social protecteur et d'une bureaucratie qui se veut bienveillante. Exemple, dans les grandes structures, plus personne ne vous fera de reproches directs, mais on attend de vous que vous vous imposiez tout seul ce que l'organisation attend. Ainsi le pouvoir devient totalement impersonnel et n'a plus besoin d'une quelconque autorité pour faire obéir les gens. Le rouleau compresseur marche tout seul. Malin, non ?

Il n'y a plus de pères, il ne reste que des géniteurs. Et encore. Devenir père, pour l'homme, c'est voir sa place réduite à la portion congrue. L'homme ne décide plus d'être père. Il y a cinquante ans, c'était les hommes qui faisaient mères les femmes, à leur corps défendant parfois. Aujourd'hui le rapport de force est inversé, il n'y a que la maternité qui est volontaire, pas la paternité. Les hommes sont contraints, pour être pères, d'être acceptés comme tels. Les femmes ont aujourd'hui la haute main sur les enfants : s'ils doivent venir au monde ou pas, par qui ils vont être élevés, quel nom ils vont porter. Les femmes ne tiennent plus les hommes par les couilles, mais par le ventre – le leur.

Tandis que le père divorcé, au nom de la reconnaissance égalitaire, combat une justice qui le prive de ses enfants, son épouse milite pour un rééquilibrage des charges domestiques et parentales dans les familles. C'est injuste ? Oui, assez. Mais la véritable égalité entre les sexes est probablement une chimère. Après tout, comme ce sont les femmes qui continuent à effectuer l'essentiel des corvées à la maison, il est assez logique que ce soit elles qui décident, non ? Qui travaille arbitre ; si cette logique était appliquée au monde de l'entreprise et de la politique, les choses seraient sacrément différentes.

arbitrer = to arbitrate (ou) umpire (duh!)

un fléau = scourge, curse
(≈ calamité.)
(Agr.) = flail

laquelle? [?]

une malédiction = a curse
«Malédiction! J'ai perdu la clé!» =
"Curse it! *I've lost the key!"

un casse-couille* ⇒ a pain in the arse/butt
une couille(≈ testicule) = ball**
└ avoir des couilles ⇒ courage.

L'enfant d'aujourd'hui est un enfant parfait : bienvenue dans le meilleur des mondes

Être parent, c'est surveiller de près la santé de nos chers rejetons. Les enfants jouissent d'une santé florissante, peut-être à cause de la surveillance constante dont ils sont l'objet ; plus de tuberculose, plus de choléra. La mortalité infantile n'a jamais été aussi basse. Pourtant, on n'a jamais autant craint pour leur vie. De nombreux parents se précipitent chez le pédiatre ou encombrent les urgences des hôpitaux au moindre rhume. Les grands fléaux ont été éradiqués, mais d'autres sont apparus. Depuis vingt ans se sont multipliées des maladies nouvelles qui vont des troubles du sommeil aux problèmes de développement affectif en passant par les allergies, le retard de langage, l'obésité, la phobie scolaire...

La malédiction des parents, c'est l'enfant hyperactif, une maladie d'invention récente. Il y a quelques années, c'était juste un casse-couille. Son réveil biologique sonne en trompette à l'aube, durant la journée, il enchaîne bêtise sur bêtise, il parle sans cesse et hurle à la moindre contrariété. L'enfant hyperactif inquiète d'autant plus... qu'il est difficile à différencier d'un autre. Il est comme l'enfant contemporain, mais pire.

Juste pire. C'est le « juste » qui rend la situation insupportable. Certains enfants cumulent les tares : au grand tirage au sort des gamètes, vous risquez de vous retrouver avec un obèse hyperactif.

Pour éviter les maladies, il faut protéger l'enfant contre lui-même. Lui expliquer tout et n'importe quoi, sur un ton posé et responsable. Le convaincre avec force arguments de manger des haricots verts et des tomates, et non pas uniquement des pizzas arrosées de ketchup et des hamburgers. J'ai vu des parents s'arracher les cheveux parce que leur enfant « ne mange pas » (pourtant, il est vivant, comment fait-il ?). Comme on ne peut pas le forcer, cela ne se fait plus, ils déploient des trésors de diplomatie et de patience pour lui faire ingurgiter une bouchée par-ci, par-là de légume ou de fruit.

Normalement, le parent sait comment s'y prendre en maniant d'une main la menace et de l'autre la persuasion, car pas mal de gens s'adressent à lui de cette manière, les politiques, les managers, certains médecins. L'adulte n'est-il pas un enfant irresponsable environné de programmes hygiénistes, charitables, humanistes, protecteurs ? Il faut le materner en interdisant le tabac, en lui expliquant les méfaits de l'alcool… Tout cela, c'est pour son bien et pour le bien de la collectivité. Pour éduquer le citoyen, il faut de la pédagogie, ce grand mot ressassé partout : seule la pédagogie fera reculer la démagogie. Nous prendrait-on pour des enfants ? Moi, quand j'entends le mot pédagogie, je sors mon revolver (c'est-à-dire mon stylo). La pédagogie, c'est l'art d'entuber quelqu'un sans qu'il s'en rende compte.

L'enfant doit être en bonne santé, intégré dans les groupes, adapté à l'école. La pression qui pèse sur lui est énorme. Il faut bien qu'il y ait des contreparties à tout ce qu'on lui donne, tous ces jouets, tout le temps passé avec lui, tous les espoirs qu'on met en lui. Tout cela, il le paie, et au prix fort. Pour rentabiliser l'excès de soin et d'angoisse dont il est l'objet, l'enfant doit être performant (physiquement et mentalement). Pour cela, il convient de consulter un orthophoniste s'il rechigne à apprendre à lire, un orthodontiste pour redresser ses dents, un nutritionniste pour l'aider à maigrir, un psychologue s'il n'a pas l'air « épanoui ». Seul un enfant dont on n'attend pas grand-chose (cela a été mon cas, et mes parents n'étaient pas pour autant des monstres) sait et apprécie, devenu adulte, la liberté que cela lui procure : quoi qu'il fasse, il ne décevra pas.

Vous voulez être sûr d'avoir un enfant en bonne santé, prêt à enfiler comme des perles les quarante-deux années de cotisation qui donnent droit à la seule liberté du salarié, je veux parler de la retraite ? Grâce aux progrès de la génétique, vous pouvez faire appel aux diagnostics préimplantatoires (autrement dénommés DPI, car sans l'acronyme qui va bien, le mot perd de sa contenance et se sent tout désemparé). Il s'agit d'une analyse génétique permettant de savoir, avant ou pendant la grossesse, si un embryon est atteint de certaines maladies et difformités héréditaires. Le but ? Avoir des enfants sains. Prêts à fonctionner longtemps, comme les piles Duracell. C'est garanti sur facture ; enfant défectueux ? Au rebut. L'anomalie ? Plus loin, pas chez nous. Aujourd'hui, Mozart, parce qu'il souffrait probablement de la maladie de Gilles de la Tourette, serait considéré comme un déviant indigne de vivre. Pour l'instant, seuls trente-quatre enfants sont nés en France à la suite d'un DPI, mais on peut être sûr que demain il y en aura davantage. Un jour, tous les enfants seront sans défaut, pas de maladie, pas de cancer, pas de schizophrénie, pas de dépression. Leur existence sera-t-elle pour autant sans défaut ? Et le monde dans lequel ils vivront, sera-t-il sans défaut, lui aussi ? J'ai de sérieux doutes…

Carole :
Expliquez-
moi cette
histoire?

37

Attention enfant danger

L'enfant est dangereux. Il peut vous valoir des pour-
suites judiciaires et vous coûter votre liberté (déjà
toute relative, il faut le reconnaître). Car ce petit être
innocent dénonce volontiers ses parents et les remet aux
mains de la justice sans arrière-pensée. Souvenons-nous
que, dans les régimes totalitaires, les enfants sont les
premiers à être enrégimentés ; le bon petit communiste
qui livre ses parents à la police secrète parce qu'ils se
sont trompés idéologiquement en donne la mesure.
Des petites balances, il y en a près de chez nous, en
France. À Outreau, une ville du Nord, lugubre, où il y
a peu de distractions, il faut le reconnaître. En 2001,
sur dénonciation de plusieurs enfants, dix-huit personnes sont emprisonnées et passent entre un et trois
ans en cellule – l'une d'entre elles se suicide. Erreur
judiciaire : les chers mignons avaient menti, cautionnés
par des experts sous-doués, crus par des juges incom-
pétents.

On est d'abord outré par Outreau, puis on a peur.
Cela pourrait arriver à chacun d'entre nous, parents,
un frisson nous parcourt l'échine. Du reste, cela a failli
arriver à un ami : sa fille de treize ans avait expliqué
à l'école, un jour de mauvaise humeur, que son père

141

l'avait attachée sur le lit. La police s'en est mêlée, les parents se sont vu convoquer et interroger, il leur a fallu plusieurs mois pour faire reconnaître leur innocence. Il faut dire que la circulaire Royal de 1997 a contraint les autorités des écoles à ne jamais douter de la parole des enfants qui se disent abusés.

Pourquoi la parole de l'enfant l'emporte-t-elle sur celle de l'adulte ? Parce qu'il dit la vérité ; victime potentielle, il est forcément innocent. On n'est pas loin du mythe de la pureté originelle. Et puis, parce qu'il est la septième merveille du monde aux yeux de ses parents, convaincus que de nombreux adultes mal intentionnés rôdent autour de lui pour lui faire subir d'odieux outrages sexuels. *Lolita*, le sulfureux roman de Nabokov, pourrait-il être publié aujourd'hui ? Pas sûr. Notre monde est hanté par le violeur d'enfants comme figure du mal absolu, pire que le SS. L'incarnation du tueur-violeur d'enfants dans toute son abjection, c'est Marc Dutroux, un monstre coupable de nombreux meurtres et de viols. C'est au nom de Dutroux qu'on a eu Outreau, c'est-à-dire une sorte de principe de précaution à large spectre : puisque dans tout adulte sommeille un Dutroux, bouclons tous les adultes.

Même pas besoin d'être dénoncé par votre enfant. Le prendre en photo suffit à vous valoir des ennuis avec la justice. Gare aux iconophiles. En 2005, une artiste néerlandaise, Kiki Lamers, a été condamnée à huit mois de prison avec sursis et 5 000 euros d'amende pour avoir pris des photos de ses propres enfants nus, afin de s'en servir pour ses œuvres peintes. La protection de l'enfant justifie la répression : on croit rêver. Mais le cauchemar continue quand, en 2006, le directeur de l'École des beaux-arts de Paris, Henry-Claude Cousseau, est mis en examen pour avoir organisé en 2000 une exposition, « Présumés innocents : l'art contemporain et l'enfance ». Qu'y avait-il de violent, pornographique ou contraire à la dignité dans cette expo rassemblant le gratin de l'art contemporain, Christian Boltanski, Jeff Koons, Cindy Sherman et d'autres ? Annette Messager a déchaîné la fureur des autoproclamés défenseurs de l'enfance avec une œuvre intitulée « Les enfants aux yeux rayés », qui montre des photos d'enfants prises dans les journaux, et dont les regards sont rayés au stylo-bille. On reste sans voix. C'est grave, inspecteur ? Parions qu'un jour les échographies remplaceront les images porno et s'échangeront sous le manteau. Au fond, leur principe est le même : tout doit être vu jusqu'à l'os, pas question de laisser un mystère traîner dans un coin.

un stylo-bille = a ballpoint pen.
rayer (≈ biffer) to cross out

Marc Dutroux

se dépêtrer = to extricate/free o.s. from

☒ (la minute) intello   intello * = highbrow, intellectual
  └ dans quel sens < moment?
                    original draft

38
to go to a lot of trouble (pour faire) to do

Pourquoi se décarcasser* pour un futur exclu ?

Vous allez porter votre enfant à bout de bras pendant des décennies. Un véritable fardeau, dont vous aurez du mal à vous dépêtrer. Un conseil, tant qu'à entretenir un parasite, prenez plutôt un gigolo. C'est plus agréable, et au moins vous savez pourquoi vous payez. Vous me direz, dans vingt ans, le monde sera devenu plus hospitalier pour les jeunes ; c'est peu probable, les choses n'ayant fait que se dégrader pour eux depuis une génération.

Ici commence la minute intello : l'enfant incarne l'objet a (objet petit a) du psychanalyste Jacques Lacan, donc à la fois un objet merveilleux et un déchet. Jadis, il était un peu des deux. L'enfant a longtemps été considéré comme un parasite ; pas toujours désiré, loin de là, son existence était incertaine. On se souvient du peu de prix que Montaigne, dans ses *Essais*, accorde à ses enfants, presque tous morts en bas âge : « Je préfère un beau livre à un enfant », dit-il en substance. Il est vrai que tout nouveau-né est chu du désir de ses parents, et que l'enfant demeure, assez longtemps, le parasite de sa famille ou de son clan. Aujourd'hui, l'enfant est exclusivement un objet merveilleux. Ce

ptp de choir = (littér ou hum) to fall

145

n'est pas forcément une chance car le jeune qu'il ne manquera pas de devenir est promis, lui, au rôle peu enviable de déchet, d'*outsider*. Pas question d'introduire du nouveau dans le monde, le jeune a pour charge de confirmer la jeunesse comme légende. On comprend que beaucoup de stars refusent de grandir, Michael Jackson en tête, ou ces jeunes hommes rebelles, Brad Pitt ou Johnny Depp.

L'enfant choyé est donc promis à devenir un jeune mis à l'écart. La société aime sa beauté, sa jeunesse, sa fraîcheur : objet de luxe, sois beau et tais-toi. Il vit dans des pays trop riches, trop lourds, où tout a été fait, essayé : il sent qu'il n'est pas voulu comme sujet. Comme il n'y a plus en Europe ni guerres ni colonies, ces traditionnels exutoires de la jeunesse désœuvrée, le jeune n'a plus qu'à se tourner les pouces en attendant des jours meilleurs. Il a, certes, le droit de faire l'amour, ce qui n'était pas le cas jusque dans les années soixante-dix – on se souvient que mai 1968 a commencé parce que les garçons voulaient avoir accès aux dortoirs des filles. Jouir oui, mais il n'est pas question qu'il donne son avis sur quoi que ce soit, sans même parler de changer les choses.

La France, pays enfantophile par excellence, s'avère bien peu hospitalière pour ses jeunes, promis au chômage de masse, aux contrats précaires et aux logements exigus jusqu'à trente ans et plus. Dans la tranche d'âge des vingt – vingt-cinq ans, seulement un jeune sur quatre travaille, et ceux qui ont réussi à « s'insérer » portent sur leurs épaules toute la flexibilité dont la France ne veut à aucun prix : 87 % des jeunes ont un contrat précaire, comprenez un boulot de merde. Plus pauvres que leurs parents au même âge même s'ils ont plus de diplômes, les *baby-loosers* sont des fardeaux pour les caisses de chômage, des délinquants en puissance ou bien, pour ceux qui s'en sortent le moins mal, des déclassés sociaux.

146

Le système a besoin d'individus sans histoire, sans identité dense ou fixe, vivant dans un présent en miettes. Votre gamin, futur « sans-emploi », vivra au jour le jour une vie sans idéal, sans projet ni rêve autre que celui de « s'intégrer ». Sécurité, certitude, maîtrise de sa propre vie, il oubliera jusqu'au sens de ces mots. Il n'aura aucune raison d'être là. Vite, toujours plus vite, à la poubelle. Il sera à l'image de son mode de vie, où rien n'est destiné à durer, et où les objets utiles et indispensables d'aujourd'hui sont les rebuts de demain. Dans l'incertitude du lendemain, dans l'angoisse de l'avenir, il se verra obligé de se débrouiller sans connaître les règles imprécises d'une société qui les brouille exprès. Il n'y a plus de mode d'emploi pour celui qui veut y tracer sa route : si vous avez des enfants, vous n'aurez rien à leur transmettre, aucune recette, aucun *how to* qui vaille. Pas étonnant que le nombre de jeunes adultes souffrant de dépression ait doublé en douze ans[1]. De Gaulle disait que la vieillesse était un naufrage, aujourd'hui c'est la jeunesse qui en est un.

He will be the image (reflection) of

un rebut [1] (déchets) = scrap — ≈ les déchets
⇒ du débris

brouiller VT = to blur, muddle up, scramble
antecedent? une société?

---

1. Selon la Fondation Joseph Rowntree, citée par *The Guardian*, 27 novembre 2002, John Carvel, « *Depression on the rise among young* ».

39

Trop d'enfants sur terre

ici, ⇒ avantages ? ou possessions ?

Trop de (biens,) trop de cafés, trop de magasins, trop de sortes de pains complets bio, trop de gens. La population mondiale compte 6,5 milliards d'individus ; en 2030, nous devrions être pas loin de 8 milliards. Ce sont les pauvres qui ont le plus d'enfants, les taux de fécondité dans les (soi-disant) pays développés ayant chuté en dessous du chiffre magique des 2,1 enfants par femme, considéré comme le taux de remplacement (population à croissance zéro).

Pourtant, la planète n'est pas surpeuplée ; si toute la population de l'Inde et de la Chine réunies se déplaçait vers le continent nord-américain, il ne serait pas plus peuplé que la Belgique, la Hollande ou l'Angleterre. Le problème, c'est qu'elle est surpolluée. La population relativement faible des pays riches consomme les deux tiers de l'utilisation totale de l'énergie. En fait, il n'y a pas trop de monde sur la planète, il y a trop de riches.

Nous, les (pique-assiettes) planétaires, qui consommons toujours plus. Est-il vraiment raisonnable d'avoir des enfants, des enfants qui consommeront encore et toujours plus au détriment des plus pauvres ? Personne n'a besoin de nos enfants, car nous et eux sommes les enfants gâtés d'une planète qui va droit dans

scrounger, sponger (for a free meal) ≃ a bit like a fare dodger ≃ *un resquilleur, -euse*

149

le mur. En avoir est donc immoral quand on vit en
Europe ou en Amérique : toujours plus de ressources
rares gaspillées pour un mode de vie toujours plus
vorace, toujours plus capricieux, toujours plus (assoiffé)
de (carburant,) toujours plus destructeur de l'environnement. L = fuel ~~ass~~ made thirsty

Avoir un enfant dans un pays riche est un acte non
citoyen. Ce sont ceux qui décident de ne pas en avoir
que l'État devrait aider. Moins de chômage, moins
d'encombrements, moins de guerres. Imaginons un
instant la France avec plusieurs millions d'habitants
en moins : moins de gaz à effet de serre, de queues
pour louer des logements hors de prix, d'embouteillages sur l'autoroute de l'Ouest le week-end, (d'attroupe-)
(ments) devant les cinémas pour aller voir *Borat*, de
délais d'attente pour se faire opérer… Un vrai (pays de)
(cocagne.)   — crowd, mob ; gathering

D'autres pays d'Europe ont l'intelligence d'être
moins féconds que nous. Des prévisions imaginent à
l'horizon 2050 une Allemagne peuplée de seulement
73 millions d'habitants (80 aujourd'hui), une Italie à
50 millions (au lieu de 58), une Espagne à 35 (au lieu
de 40). Vous avez envie de visiter la Grande Mosquée
de (Cordoue) sans être (englué) dans une horde de tou-
ristes, de découvrir la chapelle Sixtine dans le calme ?
Demain, ce sera possible. Imitons-les. Français,
encore un effort vers la dénatalité. *No kid* est un objectif que nous pouvons atteindre à condition d'être soli-
daires : attentifs ensemble, aucun spermatozoïde
n'atteindra l'ovule.

☆ Oui !

40

Tournez le dos aux dix commandements ridicules du « bon » parent

1) — Ton enfant est plus important que toi, que tes projets, que ton couple, que tous les autres enfants, que tous les adultes vivants ou morts, que la société dans laquelle tu vis.

2) — Tu devras lui transmettre des « valeurs » molles (tolérance vis-à-vis de l'autre, honnêteté) que personne ne respecte et qui ne servent à rien pour s'insérer socialement ou pour gagner de l'argent – elles sont même des obstacles.

3) — Tu dois vouloir son « bonheur » ; personne ne sait ce que c'est, mais lui saura peut-être un jour, si tu te donnes beaucoup de mal. Les jeunes d'aujourd'hui n'ont pas l'air très heureux ? C'est parce que leurs parents n'en ont pas fait assez pour eux, voilà tout.

4) — Tu dois faire en sorte qu'il soit occupé tout le temps, de la manière la plus variée possible. C'est un boulot énorme pour toi, mais il le faut pour qu'il soit « stimulé » et « épanoui ».

5) — Tu dois être un exemple pour lui : pas de shit, pas de picole, pas de partouze chez toi. Pas de mauvais goût, pas de blagues inappropriées. Idéalement, pas de larmes ni de disputes, ni de deuils, mais ça, parfois c'est inévitable.

boozing

une partouse
= an orgy

*guetter : to watch out [for], look out [for],
lie in wait [for]*

(6) — Tu protégeras ton enfant des multiples périls qui le guettent, puisqu'il est une victime potentielle ; quoi qu'il fasse, il n'est ni coupable ni responsable. Il dit toujours la vérité.

(7) — Tu dois préparer ton enfant à s'« adapter », à circuler, afin d'être « flexible » dans un monde en changement. Un jour, n'oublie pas qu'il sera avant tout un touriste.

to aggravate, to bully

(8) — Jamais tu ne le frapperas. Tu ne le puniras ni ne le brimeras : l'école, la société s'en chargeront, afin de le faire rentrer dans de petites cases avec de gros marteaux.

un péon = a peon

(9) — Tu lui parleras (le plus possible) et lui expliqueras (tout et n'importe quoi).

(10) — Tu seras positif. Tu lui parleras du monde dans lequel il vivra quand il sera grand, un monde citoyen, pluriel, mondialisé, opposé aux discriminations : il aura envie de grandir. Mais pas trop vite, car le seul et vrai paradis, c'est quand même l'enfance…

CONCLUSION

Enfant, non merci

Pas d'enfant, non merci. Il vaut mieux ne pas. La dénatalité est notre seul espoir. Mesdames, l'avenir de notre pays dépend de vous. La dernière liberté est de « préférer ne pas ». Comme Bartleby, le héros subversif d'Hermann Melville, qui propageait le désordre au travail par sa mauvaise volonté et qui, manifestement, n'avait pas d'enfant. *Bartleby the Scrivener! (le scribe]*

« Préférer ne pas » est la formule de la pensée négative, du doute déconstructeur. Elle est le refuge de ceux qui n'ont pas la naïveté de penser qu'ils ont des solutions à proposer, ou le cynisme de faire croire aux autres qu'ils en ont. C'est l'étendard de ceux qui se demandent pourquoi il faut dire oui, avec enthousiasme et bons sentiments, à cette resucée de meilleur des mondes qu'on nous vend comme étant l'aboutissement de siècles de progrès et d'humanisme. *standard / pièces*

Je préférerais ne pas avoir d'enfants. Ne pas travailler. Ne pas regarder le JT. Ne pas collaborer à la compétition économique. *Dit donc! Vraiment?*

Vous aussi, vous pouvez choisir de préférer « ne pas ». *Ne-paistes* de tous les pays, mes sœurs et mes frères d'armes, restons désunis, sceptiques et, si possible, sans descendance. *WHY PLURAL?*

— rehash ref. *Candide*
— un aboutissement = outcome (≃ résultat)

BIBLIOGRAPHIE

Éliette Abécassis, *Un heureux événement*, Albin Michel, 2005.

David Abiker, *Le Musée de l'homme*, Michalon, 2005.

Philippe Ariès, *L'Enfant et la vie familiale sous l'Ancien Régime*, Seuil, 1973.

Zygmunt Bauman, *Vies perdues, La modernité et ses exclus*, Payot, 2006.

Marie Darrieussecq, *Le Bébé*, POL, 2005.

Éric Dussert, *Comme des enfants, L'âge pédophile du capitalisme*, Anabet, 2006.

Benoît Duteurtre, *La Petite Fille et la Cigarette*, Fayard, 2005.

Michel Houellebecq, *La Possibilité d'une île*, Fayard, 2005.

Marcela Iacub, *L'Empire du ventre*, Fayard, 2004.

Christopher Lasch, *Le Complexe de Narcisse*, Robert Laffont, 1981 ; *Les Femmes et la Vie ordinaire*, Climats, 2006.

Steven D. Levitt, Stephen Dubner, *Freakonomics*, Denoël, 2006.

Philippe Muray, *Moderne contre moderne, Exorcismes spirituels IV*, Les Belles Lettres, 2005.

Aldo Naouri, *Les Pères et les Mères*, Odile Jacob, 2004.

Paul Reboux, *Trop d'enfants ?*, Denoël, 1951.

Richard Sennett, *Les Tyrannies de l'intimité*, Seuil, 1979.

Lionel Shriver, *We Need to Talk about Kevin*, Serpent's Tail, Londres, 2005.

Judith Warner, *Perfect Madness, Motherhood in The Age of Anxiety*, Riverhead Books, 2005.

Donald Winnicott, *De la pédiatrie à la psychanalyse*, Payot, 1969.

Le Monde 2, « Ils sont heureux sans enfant », par Pascale Krémer, 17 décembre 2005.

Savoirs et clinique, *Revue de psychanalyse*, n° 1, « L'Enfant-Objet », Érès, mars 2002.

TABLE DES MATIÈRES

_3_ // "rebuff"

se rebiffer = hit back, strike back
≃ resister

une porte-parole = a spokeswoman
un porte-parole = a spokesman (ou) spokesperso

8657

Composition Nord Compo
Achevé d'imprimer en France (Malesherbes)
par Maury-Imprimeur le 15 mars 2008.
Dépôt légal : mars 2008. EAN 9782290355569

Éditions J'ai lu
87, quai Panhard-et-Levassor, 75013 Paris
Diffusion France et étranger : Flammarion